文芸社セレクション

昭和、平成、令和を生きて

私の90余年

平野 俊治

HIRANO Toshiharu

文芸社

目次

(1) まえがき

　80歳を過ぎた頃、終活、断捨離のつもりで、小学校時代からの写真や、メモ書をかき集め、整理を始めました。それらを見ていると、60年前、80年前の頃が、つい5、6年前のことのように鮮やかに、よみがえりました。整理をし、捨てるつもりで、はじめたものが、出てきたメモや写真から、70年前、80年前の記憶が思わぬ所まで広がりました。その広がった記憶を記憶のママで消えてしまうのも惜しいような気持ちになり、その思い出した想いをまたメモにしました。捨てるつもりで探し、集めたものが、逆に、思い出が膨らんで写真やメモ書きが捨てきれず、逆に、メモ書きが増えるという状態になりました。そこで考えたのが、集めた写真やメモ、またそのメモをまとめてパソコンに残そうということでした。健康に特に不安もなく時間も充分にありましたので、写真やメモ書きを整理するためのメモを創りました。90年を超えた人生の思いの一端をパソコンの中にまとめて残そうと考えたのです。

　このことを友人に話したところ、パソコンに残すこともよいが、それの一部でも紙の本にして残すことも考えたらどうかとすすめられ、この度、株式会社文芸社から、「昭和、平成、令和を生きて　私の90年あまり」として、出版をしていただくことになりました。

90年を超えた人生を、勝手に想い、勝手に描いた雑文集です。

（2）１００年ほど前の頃

今から１００年ほど前、その頃から今日までの１００年ほどの間に起きた事柄などを思い起こしてみる。数年の変化を見ることも大切ではあるが、１００年あるいは数十年という長さで世の中の移り行く姿を見ていくことも、大切なことであり、興味深いことでもある。

現在は２０２４（令和６）年。今より１００年前と言えば、１９２４年、大正13年である。この年の前年９月１日、マグニチュード７・９の地震が、東京、神奈川を中心に関東一円から、静岡県、山梨県の一部までを襲った。東京だけでも死者、行方不明者あわせて7万人余り、負傷者約２万９千人。全体では、死者、行方不明者合わせて10万５千人余り。家屋の全壊、半壊、全焼等42万棟余りという大きな被害をもたらした。関東大震災である。加えて、この災害の混乱に乗じて、朝鮮人の虐殺（その人数、３，０００人とも６，０００人とも言われている）、無政府主義者大杉栄夫妻とその甥が、甘粕正彦憲兵大尉によって虐殺された甘粕事件、東京下町の労働運動活動家10名が亀戸警察署に連行され、軍隊によって虐殺された亀戸事件などの凄惨な事件が続発した。

これより先、1905年日露戦争の終結、ポーツマス条約の締結。この条約により、ロシア領であった樺太の北緯50度以南を日本領とすること等が約定、実行された。1910年、韓国併合。1908年、堺利彦、大杉栄ら社会主義を唱える人たちの検挙、禁錮に処せられた赤旗事件。それに誘発された1911年の大逆事件。これは、無政府主義者、幸徳秋水ら26名が、明治天皇の暗殺計画をしたという名目で検挙、非公開裁判で26名が死刑とされ、翌年幸徳秋水ら12名の死刑が執行された。また、1911年には、東京と大阪に、特別高等警察(特高)が置かれた。この特高は、1928年の3・15事件の後、全国の警察に置かれ、社会主義、民主主義運動や労働運動、農民運動の調査、弾圧等に悪用され、一般市民の思想や行動の自由をも脅かす大きな存在となっていく。

同じ1911年、中国では、辛亥革命。孫文が臨時大統領に就任。翌1912年、宣統帝が退位、清朝が滅び、中華民国が誕生した。

1912(明治45)年7月30日明治天皇が崩御された。御年61歳であった。即日、皇太子嘉仁親王が即位され、年号を大正と改められた。

大正時代に入っても、1914年6月第1次世界大戦が始まる。開戦の直接の契機は、オーストリア皇太子の暗殺事件であるが、ドイツ、オーストリア・ハンガリー、トルコ、ブルガリアの同盟国と、イギリス、フランス、ロシア、イタリア、アメリカなど22ケ国(連合国)との、まさに世界大戦であった。日本も遅れじと同年8月、ドイツに対し宣戦布告。この第1次世界大戦も、1918年11月のドイツ革命によって帝政ドイツが崩壊、共和国政府が誕生。1918年11月11日、連合国側はこのドイツ共和国政府と休戦協定を結んで、戦闘は終結した。翌1919年1月パリにおいて対独講和会議が開かれ、同年6月にベルサイユ条約が締結された。この条約は、敗戦国ドイツにとっては、かなり過酷なものであり、後のナチス政権の誕生、第2次世界大戦にも影響を与えることになる。

第1次世界大戦の戦禍を見て、各国に、国際平和と国際協力の必要性の声が高まり、パリ講和会議において、国際協力と平和のための常設的国際機関として「国際連盟」の設立が決定され、1920年1月に発足した。日本も、イギリス、フランス、イタリアなどと並んで国際連盟理事国となった。

1922年ソビエト社会主義共和国連邦（ソ連）成立など、欧州においても、社会主義、民主主義の展開、帝政の廃止などが大きな動きとなってきた。それらの影響もあって、日本においても、民主主義（民本主義）、参政権（選挙権）の拡充などを求める声が高まってきた。このような背景の中、1925年3月には、普通選挙法（それまで、選挙権、被選挙権の行使が、男性で、一定額以上の国税納付者に制限されていたものを、国税納付者という制限を無くした改正法。以前までの制限選挙に対し、「普通選挙」、時には「普選」とも言われる）が、公布、施行された。

その頃、日本国の呼称は、「大日本帝国」であった。その時の憲法は1889（明治22）年2月11日公布、1890年11月29日施行された「大日本帝国憲法」であり、その第1条には「大日本帝国は万世一系の天皇これを統治す」と記されていた。

　また、その頃の日本国の領土は、現在の日本国の領土（通常「内地」と言われていた）のほか、台湾（1894年、明治27年、朝鮮をめぐる問題等で清国（中国）と対立、同年7月同国との戦争、「日清戦争」を始めた。この戦争の賠償の一つとして清国から割譲された）、南樺太（1904年、明治37年に始まった日露戦争の講和条約の中の条件の一つとして樺太の北緯50度以南が日本に譲渡された。しかし、この南樺太は人口も40万人程度と少なかったので、1918年、大正7年からは、内地の扱いとされている）。朝鮮半島（1910年、韓国併合によって日本の領土（植民地）となった）を加えた地域（これらは通常「外地」と言われていた）であり、その面積は、内地約29万2千平方キロメートル、外地約32万8千平方キロメートル（台湾3万6千平方キロメートル、南樺太約3万6千平方キロメートル、朝鮮半島約22万千平方キロメートル）であった。

　また、1923年の日本（内地）の人口は、男2，918万人、女2，894万人合計5，812万人であった。現在（2023年）の総人口12，450万人の約47％である。この百年間で最も総人口が多かったのは2010年の12，806万人であり、それ以降、総人口は徐々に減少の傾向にある。国立社会保障・人口問題研究所の推計（2023年）によれば、今から31年後の2056年には、日本の総人口は1億人を下回り、2070年には8，700万人と推計されている。

　また、日本人の平均寿命は、1947（昭和22）年時点では、男50・06歳、女53・96歳であり、2021年では、男81・47歳、女87・57歳である。なお、推計方法は若干異なるが、1923年の日本人の平均寿命は、男42・06歳、女43・26歳であった。

（3）大正から昭和へ

関東大震災の復興も緒に就いたばかりの、1926（大正15）年12月25日、かねて病気療養中の大正天皇が47歳で崩御された。皇太子で当時摂政を勤めておられた裕仁親王が、即日即位され、元号を「昭和」と改められた。昭和時代の始まりである。

昭和元年は、たったの7日間で終わり、昭和と改まって7日目が昭和2年の元旦となる。1926年に生まれた人は、大正15年生まれと、昭和元年生まれに分かれる。たった7日間しかなかった昭和元年生まれの人は、稀少な存在と言われていた。

1927年、昭和2年は、また、金融恐慌の始まりでもあった、同年4月22日には、株式が大暴落、緊急勅令で3週間のモラトリアム（支払い猶予）が行われた。

また、この頃から、中国大陸、特に中国東北部への野望がうごめき、後の満州事変、上海事件（1次、2次）から支那事変へと連なる動きがはじまったように思われる。

この年8月13日、日本放送協会（NHK）が、全国中等学校優勝野球大会（現在の全国高等学校野球選手権大会の前身）のラジオによる実況放送を始めた。

また、この年の12月30日東洋では初めてという地下鉄が、上野浅草間で開通した。

歴代最長、波乱にとんだ昭和時代が始まる。

(4) 父親の分家 新しい戸籍ができる

私の父親は、1900(明治33)年の生まれである。生まれた処は、長野県北部の農村、その中の戸数100戸ほどの集落であった。父親が生まれたときは、父親の父母(私にとっては祖父母)は、二人とも安政5年生まれの42歳であった。また、私の母親は、1903年、父親と同じ集落の生まれであった。二人は同じ小学校で学び、学年は2年違いであった。

1923(大正12)年5月、父親と母親は、親戚の有力者や両親の勧めで結婚をした。二人とも、同じ集落で生まれ、同じ小学校で学んでおり、互いに相手のことは良く知っていたので、特に異議もなく、むしろお互いに喜んで結婚したのではないかと思う。当時の結婚は、ほとんどが、いわゆる見合い結婚。結婚する二人の意思よりは、双方の家の格や、家族の係累などをよく調べ、親同士が互いに結婚の相手を見定めてから、結婚をする当人たちに伝え、承知をさせるというようなことがほとんどであった。若くして東京などに出て成功をした若者でも、結婚相手は、生家の近くで、事情の良く分かっている家の子供を選んで結婚をさせるというようなことは、ごく当たり前のことであった。お互いに相思相愛でも、親の意に沿わない恋愛結婚というようなことは、ごく稀なことであった。

私の両親は、結婚の後も、父親の両親と同じ家に住み、父親の父親所有の農地で農業に従事していた。

父親には、15歳上の兄がいたが、その兄は、小学校を卒業すると、家業である農業を継がずに、東京で商売をしていた。その頃は、東京が都市として大きく発展する時期で、農家の次男以下はもちろん、長男であっても、東京で職を求める若者が少なくなかった。そのため、父親は、自分の父母と一緒に、農業を引き継ぐことになった。と言っても、同居の父親（父親の父親）が死亡した時は、当時の民法の規定により、当然のこととして東京に居る兄が家督とともに家や農地などの資産もすべて相続することになっていた。


私の両親は、結婚後1924年に長女、1926年長男、1928年次男を儲けた。そして、1930（昭和5）年2月20日、父親の父親の許可を得て分家をした。この頃、農村での分家と言えば、ある程度の資産を有する家の場合は、普通の生活ができる程度の家屋、それにいくらかの農地を与えて、独立させるというようなことであったが、そのようなかたちで、分家をさせるという家は稀であった。それよりも、次男以下の子供には、大工、左官などの技能を身に付けさせるとか、豆腐やこんにゃくなどの食品製造小売業店で、無報酬、住み込みで一定期間働き（丁稚奉公）ながら製造販売の知識や技能を身に付け、独立して商売をはじめさせるようなことが行われていた。また、多少余裕のある家では、中等学校等で基礎的な学問を身に付けさせて、企業とか官公署等に勤務させることを望む親も少なくなかった。

私の祖父の場合も、自身が持っている資産は、住んでいる家のほか、少しの農地（その農地だけでは、農業経営が充分に出来ないので、村内の地主からいくらかの農地を借りて、農業を営んでいた）だけであった。そのため、分家を許可したと言っても、農地などを分け与えるということは出来なかった。従って分家をしても、住む家も耕作する農地もすべて父親の父親所有のものであった。1932年その父親の父親が死亡し、その家も、農地も東京に住む父親の兄が相続をした。両親たちは、東京に住む兄所有の家に住み、兄所有の農地を借りて、農業を営んでいたのである。その後、住む家については、父親の両親の扶養を東京に住む兄に代わって行うということで、兄から、無償で譲渡された。農地については、その後、1945（昭和20）年の太平洋戦争敗戦後の諸制度の改革で最大と言っても良い変革いわゆる「農地改革」が行われた。これは、不在地主（農地の所在市町村に住所のない地主）所有の農地は、すべて国が買い上げ、これを現にその農地を耕作している小作人に売り渡すというものであった。この農地改革は、太平洋戦争戦勝国の連合国軍総司令部（GHQ）が行った改革のうち、最も大胆かつ有効な改革であったと今でも思っている。これで私の家も、貧乏な小作人から、零細ながらも、一応、自作兼小作の農家となったのである。

また、1930年2月20日、父親が分家をしたことによって、父親を戸主とする新しい戸籍が作られた。そこには戸主平野松太郎に続いて、妻津弥、長女ふじ江、長男喜一郎、次男典男の順に連記された。

父親の父親を戸主とするそれまでの戸籍においては、戸主を筆頭に、戸主の母親、戸主の妻、戸主の兄弟姉妹、とその子供たち（戸主の甥、姪）、戸主の子供とその妻や子供（戸主の孫）たちが連記されていた。その戸籍では、私の父親は、「四男松太郎」、母親は、「婦、四男の妻津弥」、長女ふじ江は、「孫ふじ江」、長男喜一郎は、「孫喜一郎」、次男典男は、「孫典男」と記載されていた。そして、そこに記載されている者が、他家へ嫁ぐ、分家をした又は死亡した時には、その理由を記載してその戸籍から削除される（その名前にバツ印が付される）のである。

父親が分家をした翌年1931年4月に生まれた私の名前は、その新しい戸籍の、最初の追記であった。

（5）私が生まれた家

私が生まれ、育った家は、土壁、寄棟茅葺屋根、普通の農家造りの家であった。その家の構え、大きさ等は１００戸ほどの集落では、中ぐらいか、そのちょっと下くらいの家であった。いつ頃建てられたのかについては、私が子供の頃、父親に訊いたことがある。父親も、詳しいことは知らなかったが、父親の話によると、明治の始め頃（元年？）元の家が類焼し、そのあと１８６９（明治２）年頃に建てたのがこの家であるということであった。今からだと１５０年以上も前のことである。私が生まれた１９３１（昭和６）年頃からだと、60年位前に建てられたということになる。敷地は２００坪（６６０㎡）ほどであるが、その約半分は、主として野菜を作る畑（私たちは「屋敷の畑」と呼んでいた）であり、建物本体の敷地は、庭や建物周囲の空地を合わせて約１００坪（約３３０㎡）である。建物本体は、ほぼ西向きで、建坪（建築面積）は約50坪（約１６５㎡）の平屋建てで、これは、今でも大きな変化はしていない。しかし、間取りとか、使い勝手は大きく変わってきた。私が小学校低学年の頃の、この家全体の間取りは、10畳（約15㎡）の座敷（別に２畳分の押入）、16畳（約26㎡）の茶の間、茶の間の北側には10畳ほどの土間（米俵、むしろ、縄、草履、わらじ等を作る藁仕事、和紙の原料となる楮の皮むき、豆腐造り、味噌造り、醤油搾り、餅つき等を行う万能の作業場であり、そこには大きな竈も作られていた。私たちは、そこを「台所」と呼んでいた）。土間の更に北側には6畳ほどの馬小屋（馬も牛も、家族であるといって、同じ屋根の下で飼っていたのである）。馬小屋の西側には風呂場（五右衛門風呂）、土間の西側には４・５畳ほどの「表寝床」という部屋があった。この表寝床と風呂場の間がこの家の主要な出入口となっており、その出入口には幅１・５

ｍくらいの厚く重い木の板戸がはめられていた。私たちはそれを「大戸（オオト）」と呼んでいた。馬小屋の東側には「味噌部屋」と言って、味噌や漬物の樽、それに餅つきや豆腐造り等に使う道具類の格納をする部屋となっていた。土間の東側は約１・５ｍ四方の囲炉裏と薪の置き場、板敷の食事スペース、食器や食材等を置く棚等があった。その東側は一段と低くなっていて、醤油の醸造樽の置き場所と食器等の洗い場があった。洗い場は、人の足元と同じ高さであったので、常時そこで食器や食材を洗っていた母親は、大変なことであったと思う。洗い場の反対側には井戸があり、洗い場と井戸の間には外へ出られる勝手口があった。その勝手口を出て5段ほどの石段を降りると小さな川があり、私たちは毎朝その川の水で顔を洗っていた。井戸は２・５ｍくらいの深さであり、２ｍほどの竿の先に小さな桶を付けて水を汲み上げていた。座敷の東側には「裏の寝床」と言う8畳ほどの部屋があり、その部屋の南側には別棟の物置に通じる出入り口があった。この裏の寝床と囲炉裏のある部屋との間には8畳ほどの長方形の万能の部屋があった。特に座敷、茶の間が養蚕に使われている時には、この部屋が、休憩室であり、寝室であり、物置場所等と便利に使われていた。

　各部屋の使われ方は、第一番に、蚕室としての使用である。私の家では、私が20歳ぐらいになるまでは、養蚕は、米作につぐ大きな仕事であった。春蚕（ハルゴ）、夏蚕、秋蚕、晩秋蚕（バンシュウサン）と年3〜4回、蚕を飼い、繭の収穫を行うのである。この間、延べ約80日間は、座敷、茶の間は、ほとんど養蚕のための部屋（蚕室）となるのである。座敷は、蚕室として使われる時と、母親が綿布等を織る機織機（ハタオリキ）の組み立て期間（私が小学生の頃までは、大人の作業衣、子供の着物等の布は、母親が自分で織ったものが少なくなかった）、冬期間の約2か月間以外は、あまり使われていなかった。茶の間は、万能の間で、時には干し柿や干し芋造り、時には、母親が、変形等のため出荷出来ない繭を使って生糸をつぐむ等の作業場所となり、時には穀類、豆類等の仮置場であったり、それらに使われていない時は、子供たちの遊び場であったりと、都合よく使われる便利な部屋であった。また、この茶の間には、私が生まれる頃までは、縦横１・５ｍ程の囲炉裏が造られており、その囲炉裏の跡を掘り下げて「穴倉」という冬期間の野菜等を貯蔵する土倉が設けられていた。座敷と茶の間には、それぞれ掘炬燵が作られていた。座敷の炬燵は、来客等特別の時以外は使われないが、茶の間の炬燵は、毎年11月中旬頃から翌年3月中旬頃までは、ほとんど連続で使われていた。特に1月、2月頃は、子供たちは、炬燵の四面にそれぞれ布団を敷き、足元に炬燵の暖を取り入れて寝ていたのである。表寝床は通常は、母親が一人か二人の年少の子供と使っていた。それ以外の者は裏の寝床を使用していたが、冬期間は炬燵を利用するために茶の間で寝ることが多かった。また、夏場は蚊帳を吊って寝るので、茶の間を蚕室として使うとき以外は茶の間に大きな蚊帳を吊って大勢で寝ることが多かった。

　座敷の西側には幅１ｍほどの縁側がついていたが、茶の間の西側には、縁側が無かったので、そこは、子供の恰好な遊び場所となっていた。

　座敷と茶の間には、天井がついていたが、そのほかの部屋には天井はなかった。座敷の天井は木の板であったが、茶の間は「簀の子」の天井であった。また、座敷には10枚の畳がきちんと敷かれていたが、茶の間は、夏の間は、ほとんど板の間のまま。冬は「ネコ」という藁縄で固く編んだ大型の敷物が敷かれていた。

私の両親も、少しでも住み心地の良い家にしようと、乏しい収入から工面をして、何回か、家の改修をしてきた。私が生家にいた頃だけでも、茶の間と、いくつかの部屋に板の天井を張ったこと、茶の間にも畳を敷いたこと、茶の間の東側の部屋を拡張改修したこと、茶の間にも縁側をつけたこと、座敷と茶の間の縁側の端に雨戸をつけたこと、座敷と茶の間のあいだの古い板戸を新しい帯戸に変えたこと、座敷の床の間を改修したことなど数回に及ぶ改修が行われ、家の住み心地も格段に良くなった。更に、長兄喜一郎、まさえさん夫婦の時代になって、屋内にあった馬小屋と土間を無くして、風呂場、トイレ、収納スペースの位置、機能などの改善が行われた。更に、囲炉裏も無くして、燃料は、ほとんどガス（プロパンガス）に切り替え、室内で薪を燃やすことは無くなったようである。また、立ったまま炊事や調理ができるように、炊事場や調理台を高くする等の改善も行われた。また、１９７２（昭和47）年には、集落に上水道が完備されたので、衛生面での安全性、生活の便利さは更に向上した。現在は、長兄の長男正隆君、壽枝さん夫妻が住んでいるが、さらに改善が加えられて、生活の快適度は上がっているようである。

(6)　私の家には土蔵が無かった

　土蔵、それは米などの穀物、大切な家財道具や文書などを火災や盗難から守るための耐火、堅牢な建物のことである。その建物は、骨格は木材であるが、周りはすべて土と漆喰で塗り固められており、上部に設けられた小さな窓と唯一の出入口も扉は漆喰等で塗り固められている。建物の外観は白色が多いが、お金持ちと思われる家のものは、黒く海鼠(ナマコ)の模様などが描かれているもの（海鼠壁）もある。他家の土蔵の中に入ることなどは、めったに無いことであるが、土蔵のある友達の家に遊びに行った時に、その家の土蔵に入ったことがある。その土蔵の中で先ず目についたのは、30俵を超える籾の俵（その頃は、稲から脱穀したままの籾粒を、稲わらで編んだ俵に詰めて保管、運搬されるのが普通であった）、大きな金庫、その隣には本棚。本棚には、文学全集等の本が数段にわたって、収められており、そのつづきには額に入った絵画、書や掛軸。更に隣のちょっと大きめの棚には同じ色模様の座布団が布に包まれて100枚ほど。その隣には宴会等で使う膳、これも100個位が並べられていた。また、2階にも物の置き場所があり、そこには宴会で使う100組以上の食器（漆塗りのご飯茶碗、吸物の碗や大皿小皿の類）が器ごとに大きな木の箱に収め、置かれていた。

話は逸れるが、私たちが小学生の頃、1940（昭和15）年頃は、人口3，000人程度の農村では、結婚の祝宴、出征兵士を送る時の、立ち振舞その他の宴席はすべて自分の家で行うのが普通であった。地主等裕福な家（私たちはそのような家を「大尽戸＝ダイジンコ」と言っていた）は、家そのものも大きく、座敷も、前座敷、中座敷、奥座敷の三間もあり、それを合わせて使うと、100人程度のお客の接待は無理なく出来たようである。このように自分の家で大きな宴席を設けるにはそれに必要な座布団、お膳、食器等も必要な数を揃えておく必要があったのである。

私の家は、座敷は一間しかなく、中座敷も奥座敷も無かったので、座敷と茶の間を合わせても30席を造るのも無理のような状況であった。それでも30組ほどの座布団、お膳、食器類は、質はともかく数は一応揃えてあった（恐らく今でもあると思う）。またこれら座布団やお膳等が足りない時は、隣近所の家との貸し借りで間に合わせていたようである。

私たちの集落は、ほぼ100戸の集落であったが、土蔵のあるのは12戸であった。何故土蔵があるのか？　小学校3～4年の頃までは、深く考えることもなかった。しかし、土蔵のある家をみると、そのほとんどが地主兼自作農家である。小作人に貸している農地の面積には違いがあっても地主であれば、秋の収穫時期には、小作人から、現物の米が小作料として納められる。その納められる米の保管場所として、地主には、土蔵が必要であった。地主は、小作人に貸す農地を、普通に耕作すれば、1年間に米が何俵収穫出来るはずであると決め、それを「○○俵穫りの農地」として小作人に貸す。その農地を借りた小作人は、秋に収穫が終わると、地主が決めた「〇〇俵穫り」の数の半分を小作料として、俵に入れて地主に納める。例えば「30俵獲り」の農地を借りた小作人は、実際に収穫した量とは関係なく、30俵の半分の15俵を小作料（年貢米）として地主に納める。地主は、数人あるいは数十人から、ほとんど同じ時期に現物で年貢米を受け取ることになるので、それを火災、盗難、風雨等から守らなければならない。そのため地主には、土蔵は無くてはならないものであった。また、地主であっても多くの農地を持ち、多くの小作人を抱えている家では土蔵も一つでは足りず、二つ以上の土蔵を持っている家もあった（私の家のある集落では三つ以上の土蔵を持っている家は無かったが）。

地主と言えば、農地（農業用土地）の所有者だけではなく、住宅地や商工業用の土地あるいは山林地等を他人に貸してその貸借料を得ている者もいる。しかし、その面積の大きさ、賃借人の多さ等から地主と言えば、農業を主産業とする地方では、農地の所有者を言うことが多かった。

１９４６（昭和21）年の農地改革が行われる前までは、農地を他人（小作人）に貸している地主には、１，０００町歩（約１００万アール）を超える農地の所有者も何人かいた。山形県の本間家や新潟県の伊藤家、市島家等は話題になる大地主であった。更に、50町歩以上の地主を見ると、全国では３，０００家以上もあった。私が生まれた村や、近隣の町村では、50町歩を超えるような農地を貸している地主はいなかったのではないかと思う。恐らく10町歩以下の農地を貸している地主がほとんどであったと思う。従って地主と言っても、そのほとんどは、自らも農作業をする、地主兼自作の農家であった。

私の父親は、農地はもちろん、土地というものはほとんど持っておらず、耕作していた農地も村内や東京に住む地主（私たち一家は、私たちの祖父所有の家に住み、耕作している農地も祖父所有のものであったが、１９３２年1月祖父が亡くなり、家も農地も東京に住む私たちの父親の長兄（私たちの伯父）がその時代の民法の規定によって、すべてを相続していた）から借りたものであった。地主に年貢米を納める側である。それでも10人近い家族の1年間の食糧を守らなければならない高価なものもほとんど無かった。火災、盗難から守らなければならない高価なものもほとんど無かった。

食糧、農機具、農業用資材等の置き場所として小さな建物があった。私はそれを土蔵だと思っていたが、ある時父親から、あれは物置であり、うちには土蔵は無いのだと言われ、土蔵と物置の違いを知った。土蔵と物置は、内部だけを見ればそれ程大きな差とは思えなかったが、防火、防犯という目で見れば、天と地の差である。

なお、１９４０（昭和15）年頃から日本はすべて戦時体制となり、１９４２年には「食糧管理法」が制定されて、米はすべて政府が買い上げること（米の「供出」）となった。このため、地主といえども、米で小作料を徴収することができなくなり、その面での土蔵の必要性は無くなった。さらに、太平洋戦争敗戦後１９４６（昭和21）年、連合国軍総司令部（ＧＨＱ）の指令により革命的な農地改革が実施され、その市町村に住所のない地主の所有する農地はすべて政府が買い上げ、それを、現に耕作している小作人に売り渡すということが行われた。この改革によって私の家も、一部小作地のほか、自分の農地を自分で耕作する「自小作農家」となった。

また、現在では、農地を他人から借りていても、借地料（年貢）を米の現物で支払うことは、ほとんどないと思う。

(7)　私の祖父母・両親・兄弟姉妹

私が生まれた１９３１（昭和６）年時点で私の家族は、私の祖父母、両親、姉ふじ江、長兄喜一郎、次兄典男と私の８人であった。翌１９３２年１月に、１８５８年（安政５年、この年徳川幕府では井伊直弼が大老につき、この年から翌年にかけて、「安政の大獄」が行われた）生まれの祖父大吉が75歳で亡くなったが、翌１９３３年３月には、妹和江が生まれ８人に戻った。しかし、同年10月に１８５８年生まれの祖母よきが76歳で亡くなり、７人となった。その後、１９３５年11月妹美津子が生まれて８人に戻り、更に１９３８年７月に弟孝太郎が生まれ９人となった。１９４０年11月弟茂が生まれ10人になったが、翌年９月弟孝太郎が火傷に起因する肺炎のため亡くなり、９人に戻った。１９４３年７月弟明（マコト）が生まれたが、３カ月足らずの同年10月疫痢で亡くなり、家族は再び９人に戻った。１９４４年４月、姉ふじ江が、20歳で、同じ集落出身の町田良さんと結婚して、満州国安東市（現在の丹東市）に移住した。その姉ふじ江が結婚した年の翌年、１９４５（昭和

20）年5月、妹孝子が生まれた。このように、私たちきょうだいは6男4女の10人である。10人のうち弟2人は幼いうちに亡くなったが、ほかの8人はみな健康に育ち、姉ふじ江が93歳で、長兄喜一郎が90歳、次兄典男が73歳、妹美津子が80歳で亡くなったが、ほかの4人は現在も健在である。

兄弟10人というのは、今では考えられない人数であるが、当時はそれ程珍しいことではなかった。１９２０年頃からの我が国では、海外への進出、特に中国東北部（旧満州国の地域）への移民、大陸への軍隊の侵攻等のために人口の増加策が進められていた。「戦争では兵士は消耗品、いくらあっても良い」等とも言われていた。また「産めよ増やせよお国のためだ」というようなポスターも張り出されたりしていた。８人以上の子供を育てた家は村から表彰され、10人以上育てた家は県知事から表彰されるというような時代であった。当時は家族計画とか、産児制限等というようなことは、その言葉さえ一般には知られていない時代であった。しかし、人間の場合は出産可能の夫婦の間では、２年ごとに一人の子供を出産するということは、誠に摂理に適ったことであり、20歳から20年の間に10人の子供を産み育てるということは、至極当然のことである。その家庭が円満であり、その夫婦が心身ともに健康であった証拠であると言っても良い。私の両親も、１９２４年生まれの姉ふじ江から１９４５年生まれの末の妹孝子まで21年の間に10人の子供を産み育てたということである（残念ながら弟二人は夭逝しているが）。

このように10人兄弟であっても、いつも10人が一緒に生活していたわけではない。私が小学校1年生になった時には、姉ふじ江は小学校高等科1年修了で、名古屋方面の紡績会社に働きに出ていた（その頃の女子は、小学校尋常科6年で卒業して、高等科へ進まずに、家事手伝いとか製糸や紡績等の工場に就職する者が少なくなかった）。3年ほどして家に戻ってからはほぼ一緒に生活していたが、私が国民学校初等科（1941年、昭和16年4月に小学校は国民学校と改められ、尋常科は初等科となった）を卒業した1944年の4月に、結婚して満州に移住したので一緒ではなくなった。1945年4月、夫町田良さんは日本陸軍に現地招集され、その後ソ連軍によってシベリアに抑留されて、そのままシベリアで死亡された。姉ふじ江は、夫の情報が全く分からないまま、1947年一人で満州から引き揚げてきた。引き揚げてきてしばらくの間は夫の実家で生活していたが、夫の死亡が確認されたので、とりあえず実家である私の家で生活することになった。実家に戻ってからは、将来の生活のことも考えて、その頃流行っていた洋裁学校に通ったりしていた。その間2年程は一緒に生活していた。その後姉ふじ江は、私たちの父親の友人の紹介で名古屋に職を得て生家を離れ、亡くなるまで名古屋で生活していた。

長兄喜一郎は、私が生まれた時は5歳。それから私が生家を離れて生活するようになるまで、21年間ほぼ一緒に生活していた。といっても、長兄喜一郎は、小学校高等科を卒業後3年ほどは、毎年11月から翌年3月頃まで、静岡県内のみかん農家に出稼ぎに行っていた。その頃、長兄たちがみかん農家で働いている間は、みかん農家の主人から、みかんはいくら食べてもよいと言われていたので、日に3個も4個も食べていたというような話を聞いて、とても羨ましく思った記憶がある。一緒に出稼ぎに行った仲間のなかには、みかんを食べすぎてお腹を壊した者もいた、というような話もしていた。その頃、私たちは、みかんは表皮を剥いて、その中の子袋はその皮ごと全て食べていた。子袋の中身だけを食べて子袋の皮は捨てるという食べ方は知らなかった。私たちの村からみかん農家へ出稼ぎに行った若者たちも、はじめは、みかんの表皮を剥いただけで、子袋はその皮ごと食べた。みかん農家の人から、そのような食べ方ではお腹を壊すのは当たり前だと注意され、もったいないと思いながら、子袋の皮は捨てるようになったというような話も聞いた。長兄はみかん農家への出稼ぎは3年で止め、その後は、毎年11月頃から翌年3月頃まで、近くの小布施町、中野町（現在の中野市）あるいは村内の造り酒屋に醸造の職人として、住み込みで働いていた。そして、20歳代後半からは、醸造現場の責任者＝杜氏（トウジ）＝として、毎年ほぼ4か月間酒造現場で働くということを60歳頃まで続けた。この杜氏というのは、非常に責任の重い、神経を使う職であったという。酒米の洗浄、炊飯、麹の管理と炊飯との混合、その後の発酵の状況把握とその対応等を、数人の部下と共に、その進行状況を見極め、それへの対応を実行してゆくという、酒造工程の最高の責任者なのである。現在では、精巧な計器が開発され、現状の把握やそれへの対応策を教示してくれるので、失敗はほとんどない。しかし、80年前頃までは、先輩杜氏から実地で教えられた知識と自分の勘に依って、仕事を進めていたのである。昭和の前半頃までは、杜氏の判断の誤りで、発酵、醸造が不能となるような、その酒造所の浮沈にかかわるようなこともあったということである。

このように長兄喜一郎は、小学校高等科を卒業後は家業の農業と、農閑期は酒造会社等で働いていた。更に長兄喜一郎は、１９４２（昭和17）年新たに出来た永田青年学校（修業年限5年の定時制の中等学校）に入学、１９４６（昭和21）年見事卒業している。

長兄喜一郎は、１９４５（昭和20）年春、徴兵検査（本来満20歳と定められていたものが1年繰り上げで、満19歳で実施）で甲種合格となり日本陸軍に現役入営した。しかし、同年8月の太平洋戦争の敗戦により同月末に除隊、帰宅した。入営して約5か月間は、農作業や土木工事の連続で、戦闘訓練などはほとんど行われていなかったと言っていた。

軍隊から帰宅した長兄喜一郎は、春先から11月頃までは農作業、11月中頃から翌年3月頃までは、酒造所への出稼ぎという生活に戻った。１９５０（昭和25）年、同村内の西澤まさえさんと結婚、翌１９５１年に、長男正隆が生まれた。その時点で家族は、長兄喜一郎夫婦とその長男、それに私たちの両親、加えて私、弟茂、妹和江、美津子、孝子の10人の大家族であった。その翌年１９５２（昭和27）年7月15日、私たちの母親津弥が胃癌のため死亡、9人となった。しかし、翌１９５３年長兄夫婦にその長女恒子が生まれ、また10人となった。長野県庁に勤めていた私は、その年の秋から、自宅を離れて長野市内に下宿をすることにしたので同居の家族は9人となり、翌１９５４年4月には、妹の和江が同じ集落の町田謙爾さんと結婚したので、8人となった。１９５７（昭和32）年1月には、妹美津子が、同じ集落出身で東京都台東区に住む岡村亀次さんと結婚して転出。１９６０年には弟茂が、１９６５年には、妹孝子がそれぞれ名古屋市内に職を得て、いずれも名古屋市に転出した。この時点で私の生家は、父親松太郎と長兄喜一郎の親子4人の5人暮らしとなった。その後1年余りの1966（昭和41）年5月29日父親松太郎が死亡。父親松太郎所有の資産はすべて長兄喜一郎が相続し、私の生家は、平野松太郎の時代から、平野喜一郎の時代となった。私35歳のときである。

次兄典男は、中野農商学校在学中に志願兵として日本海軍に入隊、敗戦による除隊後、中野農商学校に復学、卒業した。卒業後は生家を離れて、母校の助手や近在の小学校で教員をしていたが、1952（昭和27）年8月、新藤清子さんと結婚、1954年5月には長男洋一が生まれた。その後次兄典男は東京に転居、サラリーマン生活を送ることとなった。1961（昭和36）年私が東京に転居した時は大変お世話になった。

最終的に私たちの兄弟は、生まれた地に長兄喜一郎と妹和江の二人が、東京に次兄典男、妹美津子と私の3人が、名古屋に姉ふじ江、弟茂と妹孝子が住み着くこととなった。

（8） 早生まれと遅生まれ

私が生まれたのは1931年4月8日である。小学校の頃は、点呼（出欠の確認等）の時はいつも最初に名前を呼ばれた。4月生まれの私が何故最初なのか、1月、2月に生まれた者もいるのに何故、と思っていた。しかも、「あなたは遅生まれだよ」とも言われていたので余計に不思議に思っていた。「何故私が最初に呼ばれるのか」と父親に尋ねたところ、「小学校に入学して義務教育を受けるべき年齢（学齢）は満6歳と決まっている。毎年4月1日現在で満6歳になっていれば、その年の4月から小学校の教育を受けなければいけないのだ」という答えであった。また、早生まれ、遅生まれは、年に関係は無く、月順の早い1、2、3月と4月1日に生まれた者は早生まれ、4月2日以降12月31日までに生まれた者は遅生まれというのである、ということも教えられた。後に、4月2日以降12月31日までに生まれた者が数え年8歳で入学するのに対して、1月1日から4月1日までに生まれた者は、数え年では1歳早く7歳で入学することになるので、早生まれと言うのであるという話を聞いたこともある。

私も、もう1週間前に生まれていれば、1年早く小学校に入学できたのである。早生まれと遅生まれは、どちらが良いかということについては色々な意見がある。私たちが小学校に入学した頃は、どちらかと言うと、遅生まれの方が良いと言う親が多かったようである。自宅から小学校までの距離が4キロ以上もある子供にとっては、通学、特に冬季の通学は大変である。親は、法律で、子供が満6歳になれば小学校に入学させる義務があるとされている。しかし、満6歳といっても、4月生まれの子供は、すぐに7歳になるが、3月生まれの子供は6歳になったばかりである。30歳、50歳での1歳違いは、ほとんど差がないと言ってもよいが、6歳と7歳での1歳違いはその差は小さくない。また、私も5歳のころまでは、遊ぶ相手も、ほとんどが1歳年上の子供たちであった。1歳年上の遊び相手が、みんな小学校に入学した時は、なんで俺だけが小学校に行けないのだ？とさみしい思いをしたことを覚えている。

小学校に入学した時、私は身長、体重ともに同級生の中では一番大きかったし、腕力も1番か2番ということであった。5年生になっても6年生になっても、体格、体力は、いつも3番以内であった。徒競走や相撲も強い方であった。しかし学習能力や知識については、早生まれかそれに近い同級生の方が進みかたが早いように思えた。小学校に入学したときには、同級生の半数近い者は、自分の名前を読むことも、書くことも出来ていたようであるが、私はどちらも出来ていなかった。また、同級生のうち数人は、家に絵本とか「小学一年生」「幼年クラブ」等の雑誌があった。私は小学校に入学する前も、入学した後も、学校に行っていない時は、「兵隊ごっこ」とか「かくれんぼ」などをしており、家で本を読んでいたというような記憶はほとんど無い。それに、今と違って、家にはテレビはもちろんラジオも無い。新聞はあったが、せいぜい、連載マンガを見る程度であった。それでも、教室で教わることは、人並みに覚えていくことが出来たと思っている。ただ、小学校6年生頃から、中学校に入学した頃になると、早生まれの生徒のほうが、勉学はもちろん、体や運動能力なども、速く進んでいるのではないかと思うことが少なくなかった。1年のハンディキャップは6年間で無くなったのかな、などと考えたこともあった。

私が高等学校を卒業して就職してから、特に国家公務員となってからは、周囲に東大、京大その他の有名大学を卒業した人が少なくなかった。それらの人の話を聞いたりしている中で、かなりの人が、旧学制時代の人では、旧制の中学校から、4年修了で旧制の高等学校に入っていたり、新学制だと、高等学校現役で有名大学に入った人が少なくなかった。そして、それらの人の中には、比較的早生まれの人が多かったようにみえた。

早生まれの人は、小学校に入学の頃は、体格や体力などの発育面ではたしかに遅れているが、知識の吸収や技能の習得という面では、遅生まれの子供たちよりも有利なのではないかとも考えられる。体技の習得、知識の吸収能力などは、教育環境の違い等によっても変わってくると思うが、人としての行動や知識などの吸収は、出来るだけ早い時期から始めた方が、能率的に進むのではないかと思う。2歳、3歳ころの幼児が、言葉や身のこなしを、どんどんと覚えていくように。ベートーヴェンをはじめ有名な音楽家の話だけでなく、現在でも音楽などの芸術家、スポーツなどの有名選手は、幼児期からの特別な教育を経てきている人が少なくない。

英才教育とか、エリート養成などの特殊な教育ではなく、一般的な早期教育と言うものについても、新しい見地に立って考えられて良いのではないかと思っている。現在でも、早期入学とか、飛び級等はあるが、これらのものを、さらに改善、発展させた幼児教育というようなものが検討されてよいのではないかとも思っている。

（9）　小学生の頃

①　入学した小学校

１９３８（昭和13）年４月、私は、長野県下水内郡永田村立永田尋常高等小学校に入学した。男女あわせて51名、１クラスであった。

この永田尋常高等小学校は、唱歌「故郷」等の作詞で有名な文学博士高野辰之先生の出身校である。とは言っても、高野博士が卒業されたときの名称は、下水内郡永江村立永江小学校（修業年限４年の尋常小学校）、高等科は無かった。このため、高野博士は、片道約８キロの飯山町、現在の飯山市にあった、下水内郡で唯一の郡立の高等小学校に進学されたのである。高野博士が小学校を卒業された時（１８８７年、明治20年）は、永江村と穴田村の２村が合併して永田村が誕生（１８８９年、明治22年４月）する前であり、永江村に永江小学校、穴田村に穴田小学校があった。この２つの小学校が２村の合併後１９００（明治33）年に統合して義務教育である尋常科４年と義務教育ではない高等科２年を併置する永田村立永田尋常高等小学校となったのである。高野博士が永江小学校を卒業されてから11年後である。翌１９０１（明治34）年に高等科の修業年限が４年に改訂され、さらに１９０７（明治40）年には義務教育年限が４年から６年に延長されたことにより、尋常科6年、高等科2年の永田村立永田尋常高等小学校となった。その後も1941（昭和16）年には永田村立永田国民学校となり、初等科6年、高等科2年の、合わせて8年間の義務教育の国民学校になったのである。そして、太平洋戦争敗戦後1947（昭和22）年6・3・3・4の教育体制（6・3制）が始まり、義務教育6年の永田村立永田小学校と、義務教育3年の永田村立永田中学校が発足したのである。

②　入学式

入学の日は4月1日であった。入学式は厳粛というよりは、なんとなくざわついた雰囲気のなかで行われたように記憶している。現在のように、父兄が着飾って参加するというようなことはなく、学校に行くのを嫌がる子供を、なだめ、すかして、なんとか、先生に引き渡すために子供に付いてくる親が2～3人いる程度であった。数年に一人ぐらいは、どうしても学校になじめず、就学を1年遅らせると言うような子供もいたようである。私は、当時小学校6年生であった長兄喜一郎と一緒に教室まで行き、名前の記された席に座り、同じ集落から来た同級生の席などを眺めながら、入学式を行う講堂への誘導を待っていた。

入学式が行われた講堂は、前年の1937（昭和12）年に新築されたものでびっくりするほど立派なものであった。なお、この年には奉安殿も新築されている。

入学式の式次第については、はっきりとした記憶は無いが、その後の学校の儀式等から考えると、おおよそ次のような順序で行われたのではないかと思われる。先ず新入生を含む全校生徒が講堂に入って整列する。そこへ、モーニングコートを着た校長先生が、奉安殿に安置されている御真影（ゴシンエイ、天皇皇后両陛下の写真）と教育勅語をそれぞれ、恭しく奉持して講堂の演壇の奥に奉置される。続いて新入生を含む全校生徒、教職員、村長ほか村の幹部、一部の父兄等全員が不動の姿勢をとり、一同で御真影に向かって最敬礼。次に宮城遥拝（キュウジョウヨウハイ。天皇陛下のおられる宮城の方向に向かって最敬礼をすること。当時、永田小学校では、小学校の東側に見える高社山の方向に宮城があると教えられていた）、君が代斉唱、続いて校長先生による教育勅語の奉読、新入生の氏名の読み上げ、校長先生の式辞、村長さんの祝辞、高等科2年生の生徒代表による歓迎の言葉と進み、最後に、御真影と教育勅語の奉安殿へのお見送り、というような形であったと思う。

入学式が終わると、担任の先生の引率で教室に入った。私たちの教室は、児童生徒昇降口から校舎の廊下に入って直ぐの左側であった。廊下に入った所の右側には大小の便所があった。廊下は片廊下なので、右側の窓からは外の景色がよく見えた。そこには小さな池や花壇が作られていた。

教室内の模様は、現在と大きな変わりは無く、正面に大きな黒板と教壇、それに先生の机。生徒は全員教壇に向かって、机を前にして椅子に座る。机は、二人が並んで使える横長のもので、上板を開けると、下は木製の箱型となっていて、教科書や筆記用具等を入れるようになっていた。1年生から3年生までは、この二人一組の机に男女が並んで座ることになっていた。勿論、男女同数とは限らないので男同士、女同士という机もあった。1年生の頃は、となりが男の子では学校へ行かないという女の子がいたり、男の子がとなりの女の子をいじめる等のため、女同士、男同士で一つの机を使うというようなこともあった。

③ 担任の先生と点呼

私たち1年生の担任は、伝田美津江先生という女の先生で、私たちより20歳ほど年上で、永田小学校の先輩でもあった。先生は、村の旧家の生まれであり、教員歴も10年に及ぶ大変評判のよい先生であった。1年生の担任経験も何回かあり、50名ほどの学級を良くまとめ、指導をしてくださったと思っている。この伝田先生は、私たちが3年生になって間もなく、結婚のため退職され、代わって市川伯先生という伝田先生よりも5歳若い男の先生が担任となった。市川先生もまた永田小学校の先輩であった。

1年生のときから、毎日第1時間目の授業が始まる前には、出欠確認のための点呼が行われた。男女別に生年月日の早い順に名前を読み上げられるのである。私は4月8日生まれなので、いつも一番に呼ばれた。「トシハル、ヘイイチロウ（平一郎）、ショウイチ（昭一）、カズオ（和勇）、……」というように。ただ、何人目かの、遠山健治君（彼は高野辰之博士の甥である）という生徒のところにいくと、先生はときどき「ケンボウ」と呼ばれるのである。この遠山君の近所の同級生もほとんどの者が彼を「ケンボ」と呼んでいた。

遠山君の家は村でも屈指の名家であり、その家の長男であるので、近所の人達も、「坊や」とか「健坊」と呼んでいたようである。私をはじめ大部分の1年生は、男の子を「坊や」とか「○○坊」というように呼ぶことは、使ったことは勿論、聞いたこともなかったので遠山君の本当の名前が「ケンボ」というのだと思い込んでいた。「けんぼ」の「ぼ」が「健坊」の「坊」であると解ったのは2年生になってからであったような気がする。さらに、3年生のはじめには、新しく望月先生が永田小学校に赴任され、その先生の子供である龍介君が3年生に編入してきた。その時も伝田先生は、龍介君のことを「龍ちゃん」と呼ぶことが多かった。現在ではこのようなことは、差別ではないかなどと言われるかもしれないが、当時は、私たち生徒は勿論、父兄の間でも、ごく当たり前のことで、全く問題にされるようなことはなかった。

④ 小学生の服装　お下がり　衛生問題

私たちが小学校に入学した頃の小学生の服装は、男子は8割くらいが洋服（単に「フク」と呼んでいた）、2割位が和服（と言っても筒袖の結び紐の付いたもの「イショ」と呼んでいた）であり、女子はほとんどが和服というような状況であった。因みに1940年の春、伝田美津江先生が退職される時に3年生全員で撮った写真を見ると、男子27名中洋服が22名、和服が5名、女子は21名全員が和服である。

私たちが小学校に入学した頃は、まだ一般に衣類は、太平洋戦争敗戦の前後と比べれば、それほど不足の状態ではなかった。しかし、今のように、入学式に新入生みんなが、洋服や着物を新調してもらうというようなことはなかった。新入生の半分以上の者は、兄弟や従兄弟たちが着ていたものを、綺麗に洗濯をし、裂けたり、すり減ったりしたところは、継ぎを当てるなどで修復したものを着ていた。私の場合も、すぐ上に兄二人がいたので、着るもの、履くものはもちろん、一部の教科書も大抵は兄たちの使っていたものを使った。このように、兄弟等から受け継いで使うものを「お下がり（オサガリ）」と言っていた。私の小学校時代の、着るもの、持ち物は、ほとんど「お下がり」であった。

また、この頃の小学校1～3年生くらいの生徒には衛生上の問題も少なくなかった。五十数人のクラスで、2～3人の生徒は常に「耳垂れ」（慢性の外耳炎？）を持っていたし、やはり2～3人の生徒は目の病気トラホーム（トラコーマ＝伝染性慢性結膜炎）にかかっていた。小学校でもこのトラホームの感染を防ぐため、顔を拭く手拭は家族の間でも、共用をしないようにと言われていたが、子供が5～6人もいるような家では、その教えを実行するのは困難であった。また、10人以上の生徒は、病気とは言えないが、常に鼻汁を垂らしていた。二本鼻（ニホンバナ）と言われていた。更に、何人かの女子生徒は頭にシラミを持っていた。たまに、シラミが机の上に落ちたりしてキャーキャーと騒いでいるようなこともあった。

シラミの話では、体につくシラミのほうが大変であった。これは太平洋戦争敗戦後の話になるが、敗戦後、自宅等に帰った復員兵士、とくに外地（中国、東南アジアその他の国々）から日本に引き揚げてきた兵士や一般の人たちが持ち帰ったとも言われている。村じゅうシラミのいない家は無いほどであった。私の家でも、みんながシラミに取りつかれた。私の母親は、毎日9人家族全員の下着をとり替えさせ、脱いだ下着を大きな釜で煮沸して、シラミ退治をすると言うのが大事な仕事であった。しかし、これも1947年、進駐軍（アメリカ軍）が提供した、DDTという殺虫剤で、シラミはほとんど見られなくなった。このDDTは、残留毒性が強いということで、1971年以降は、使用禁止となっている。

シラミと言っても、人の頭髪だけにつくもの、人の肌（下着）だけにつくもの、人の陰部だけにつくもの等の種類に分かれる。頭髪につくものが陰部に移動するとか、人の肌につくものが頭髪につくということは無い。ほとんどの家では、DDTが使える時まで、シラミ退治は、日常生活上の大きな負担であった。また、シラミの発生は肌や肌着等の不潔が最大の原因であり、その原因がほとんど無い現在では、シラミの話は、遠い昔のこととなったようである。

シラミと言えばノミ。人の肌に食いつくということでは、シラミと変わらないが、シラミのように、多数で、集中的に発生することではないようであった。また、その行動はシラミと違って、這うのではなく、飛ぶのである。20～30センチ位の距離を飛んで移動するので、簡単には捕まえられないが、何となく陽気な感じで、ゲームのよう感覚でノミを捕まえるというような時もあった。

⑤ 紀元2600年

1940(昭和15)年4月私たちは3年生になった。この年は紀元(皇紀)2600年という節目の年ということで、記念の式典はもちろん、「紀元2600年」という歌が創られたり、旗行列とか学芸会とかの記念奉祝行事が行われた。皇紀とは、神武天皇が大和の橿原で初代の天皇として即位された年を皇紀元年として数える暦年数であり、当時は紀元と言えば皇紀のことであった。当時、小学校では、年代の数え方は、明治、大正、昭和等の元号で、何年と数えるのが普通であり、皇紀も西暦もあまり使われていなかったと記憶している。私が「西暦」という語を知ったのは、中学校に入学して、西洋史(当時は西洋史と東洋史は別の科目として教えられていた)を学ぶこととなった1945(昭和20)年以降である。その頃は西暦で年代を言うときは必ず頭に「西暦」と書くことになっていた。歴史の授業で年代を言う時は、基本的には、元号と紀元(皇紀)を使い、副次的に西暦を使うということであった。しかし、太平洋戦争が終わった1946年頃からの歴史の授業は、ほとんどが西暦を使うようになり、年代の頭にあえて「西暦」を付けることも少なくなってきた。私たちは、小学校から中学校のはじめ頃までは、年代は元号とともに皇紀で覚えていたので、その差を差引して西暦何年というようにしていた。皇紀と西暦の年数の差は660年である。従って、皇紀で覚えている年数を西暦に直す時は660年を引き、その逆の場合は660年を足すというようにしていた。今でもよく覚えているのは、我が国への仏教の伝来は、百済からイチニイチニとやってきた、ということで紀元121

2年と覚えているのを、西暦に直すと、660年を引いて、552年とするように差引をして年代を覚えるということにしていた。

⑥ 分教場の生徒が合流

1941（昭和16）年4月私たちは、4年生になった。4年生になると、それまで分校（「西分教場」と呼んでいた）で学んでいた同年生14名も一緒になり、松、竹の2クラスとなった。

私は松組になった。松組の担任は清野勝次郎先生であった。先生は当時40歳代半ばぐらいの年齢であったと思うが、隣村の替佐と言う集落から自転車で通勤しておられた。私の家は、清野先生の自宅と学校のほぼ中間であったので、朝の通学時によく一緒になり自転車を押しながら、いろんな話をしてくださった。先生と言うよりは父親という感じの先生であった。竹組の担任は、3年生の時の担任であった市川伯先生であった。3年生の時市川先生は、冗談まじりに「言うことを聞かない、勉強のできない者は、4年生になったら先生はもう面倒をみないから……」と言われたことがあった。そんなことから、4年生で松組になった者のうち何人かの生徒は、「私はダメな生徒ということなのかなー」と、悲観していた。私も、そう言われれば、俺もダメな生徒ということかというように思った記憶がある。しかし、市川伯先生は、私の姉と妹二人も担任としてお世話になっていること等わが家においては、親しみのある、評判の良い先生であった。

⑦ 男女別組

1942(昭和17)年私たちは5年生になった。5年生からは、男女に分かれて、男子組と女子組の2クラスとなった。女子組の担任は滝澤貞子先生、男子組の担任は木内正一先生であった。滝澤先生は松本女子師範学校を卒業されて、最初の赴任が永田小学校であったと思う。木内先生は、私たちより19歳年上で、飯山中学校、長野師範学校卒業のベテラン教師であった。当時は、小学校の先生のうち師範学校卒業の先生は、教員数の半分にも達しないというような状況であったので、木内先生が担任であったということは幸運であったと今でも思っている。特に、学習の遅れている生徒の面倒見の良かったことが目立っていた。

⑧ 小学校の教科

私たちが小学校に入学した頃の教科は、修身(「教育勅語」の意に沿った道徳教育の教科)、読本(「トクホン」と読み、現在の国語とほぼ同じ)、綴り方(作文)、書き方(習字)、算術(現在の算数に相当)、体操、唱歌(音楽)、図画、工作、裁縫(女子生徒のみ)等であった。5年生になると、これに国史(日本史)、地理、理科が加わったのではないかと思う。このほか、1942(昭和17)年頃からは、軍事演習とか、防空演習というようなこと、更には、戦意高揚を図るための行動等も、授業の中に組み込まれるようになった。今でもはっきりと思い出すものに、校庭に2体のわら人形を立て、それに、ルーズベルト、チャーチルと墨書した新聞紙を貼る。生徒は一人ずつ竹槍をもって、その人形から30メートルほど離れた場所からその人形に向かって突進し、「えいッ」とか「やあー」というような掛け声と共に、その人形を数回刺して戻る、というようなこともした。

⑨ 大東亜戦争の開戦

1941（昭和16）年12月8日、日本はアメリカ（米）、イギリス（英）両国と戦争を始めた。この戦争は、欧米列強の植民地にされているインドや東南アジア諸国を、植民地支配から解放し、中華民国その他のアジア諸国をも含めて、大東亜共栄圏を建設し王道楽土の理想を目指す、そのための聖戦である、と聞かされていた。そして、天皇陛下が、この開戦の意義や経過、聖戦遂行に係わる国民の務め等を述べておられる、「開戦の詔勅」が発せられた。

米英両国と開戦に至った経緯を少し遡ってみると。1930（昭和5）年1月、ロンドンにおいて、日英米仏伊による海軍軍縮会議が開かれ、同年4月22日には日英米3国間で「海軍軍縮条約」が調印（10月5日批准、翌年1月公布）された。しかし、翌1931年9月の満州事変、さらにその翌1932年3月の満州国の建国宣言、同年9月の日本政府による満州国承認と続く日本政府の行為について、国際的な非難が高まった。1933年2月の国際連盟総会に於いては、「満州国は承認しない」」、「日本は中華民国東北部（満州国）から撤兵すべきである」との日本政府に対する勧告が42対1（日本）で採択された。

これに対し日本政府は同年3月、国際連盟からの脱退を決めている。と共に同年7月には「満州移民計画大綱」を決めるなど、中華民国東北部への日本人の移住政策を進めた。この満州移民計画によって、満蒙開拓団（家族単位の農業移民）や満蒙開拓青少年義勇軍（15歳から18歳までの男子）の名のもとに、多くの家族や、青少年が満州国に移住した。その数、開拓団約22万人（約17万人という説もある）、義勇軍約10万人と言われている。特に長野県はこの移民計画を熱心に推進した。開拓団で31，284人、義勇軍で6，595人と府県別ではいずれもトップの数であった。しかし、この開拓団や義勇軍の人たちは、1945（昭和20）年8月のソ連軍の侵攻等によって想像を絶する苦難に遭遇されている。開拓団の人たち約8万人、義勇軍の若者約1万6千人が亡くなられた。今なお続く中国残留孤児の問題等もこの時の状況が原因である。私の小学校同級生の家族や私の家の近くにおられた家族の方たちも開拓団の一員として満州に移住された。また私の小学校の先輩（2学年から5学年上の先輩）も20人ほど青少年義勇軍に参加され、うち6人の方々は現地で亡くなられている。

さらに1937年7月の支那事変の開戦と、その後の戦域拡大による中華民国への侵略を続ける日本に対して、米、英、蘭（オランダ、Dutch）、中国等が、石油その他の資源物資の日本への輸出禁止等のいわゆる経済封鎖（制裁）や要求を行ってきた。日本に対するＡＢＣＤ包囲網などと言われたこともあった。さらに1940年9月には、日本陸軍が北部仏領インドシナ（仏印＝インドシナ半島東部にあったフランスの植民地の総称、現在のベトナム、カンボジア、ラオスの領域）に進駐、翌1941年6月には南部仏印にも進駐を始めた。加えて1940年9月には、日独伊三国同盟が締結されるなど日本と米英両国との関係は、抜き差しのならないところまで進んでいった。一方、1939（昭和14）年後半頃から、外交交渉による米英両国等との関係改善も図られたが、日本政府内では陸軍、海軍等との調整が出来ず、対米英交渉は好転しなかった。1941年11月、日本政府は、来栖三郎大使を米国に派遣し、野村駐米大使とともに、最後の日米交渉を試みたが、妥結に至らず、同年12月1日の御前会議において、米英との開戦が決定された。

そして1941年12月8日、日本は米英両国と戦争を始めた。大東亜戦争の開戦である。この戦争は、同月12日の閣議において、既に1937年7月7日に始まり、継続中の支那事変（日中戦争）とあわせて、「大東亜戦争」と称すると決定された。この戦争は、開戦から半年ほどの間は、戦勝、戦勝で、1年もたたずに、神国日本の勝利で終わるのではないかと思われた。12月8日の開戦の日には、日本海軍の特殊潜航艇によるハワイの真珠湾攻撃でアメリカ太平洋艦隊の艦船9隻のうち5隻を撃沈、2隻を中大破させるなどアメリカ艦隊に大打撃を与えた。また、同日マレー半島（コタバル）上陸も成功。さらに同月10日には、マレー沖海戦で、イギリス東洋艦隊の主力艦プリンスオブウェールズやレパルスを撃沈させた。翌1942年1月2日には、フィリピンのマニラ占領等と戦果が、次々と大本営から発表された。しかし、同年4月18日には、米軍機による初めての日本本土（京浜、名古屋、神戸など）空襲が行われた。また、同年6月5日にはミッドウェー海戦で敗北。この頃からか、大本営も、戦果発表の後に「わが方の損害軽微なり」と付け加えることが多くなった。

翌1943年2月1日のガダルカナル島からの撤退開始、同年5月29日のアリューシャン列島アッツ島の守備隊全員玉砕(全滅)、1944年7月7日のサイパン島の日本軍全員玉砕。そして、日常化してきた米軍機(B29)による本土空襲。この空襲を避けるための学童集団疎開が同年8月から始められた。しかし、米軍機による大都市市街地への爆撃は、ますます激しくなり、1945年3月10日の東京大空襲、同月の硫黄島守備隊の全員玉砕、同年4月1日米軍の沖縄本島上陸、そして、6月23日の沖縄本島南部で日本軍守備隊全滅。さらに同年8月6日米軍機による広島への原子爆弾(新型爆弾)の投下。同月8日のソ連軍の対日参戦、翌9日の長崎市への原子爆弾の投下と続いた。

このような状況をふまえて、日本政府は、8月14日天皇陛下決裁で、無条件でポツダム宣言(1945年7月、ベルリン郊外ポツダムにおいて、米英ソ連の3ケ国が協議、米英中の連名で日本国に対する無条件降伏の勧告や戦後処理の方針を示した対日共同宣言)の受諾を決定し相手国に通告した。この決定は、翌15日正午、ラジオによって、天皇陛下自ら、「終戦の詔書」を読むという形で、全国民に知らされた。玉音放送とも言われている。

終戦の詔書の発表には、軍隊の一部等で、降伏反対、本土決戦、一億玉砕等を主張する動き等もあったが、大きな動きにはならなかった。多くの国民は、無条件降伏は、残念ではあるが、やむを得ない。それよりも、生命への危険除去、当面する食糧難の克服、生活物資の確保等を求める声が圧倒的に強かった。私が、この放送を聞いたのは、旧制の中学校2年生、14歳のときである。聞いた場所は県立飯山中学校の玄関、一緒に聞いた人は、たまたまその日に学校に居た教職員と生徒合わせて20名ほどであった。そのほかの教職員生徒は、その日も軍需工場への動員や近在の農家への勤労奉仕で、学校には居なかった。

⑩ 興亜奉公日と大詔奉戴日

私たちが小学校2年生の時、日本政府によって、1939(昭和14)年9月1日から毎月1日(ツイタチ)を「興亜奉公日」とすると定められた。これは、同年8月8日の閣議において決定されたもので、その趣旨は、「全国民は挙って戦場の労苦を偲び自粛自省之を実際生活の上に具現すると共に興亜の大業を翼賛して一億一心奉公の誠を尽し強力日本建設に向かって邁進し以て恒久実践の源泉たらしむる日となすものとす」と言われていた。具体的には、その日は、国旗掲揚、宮城遥拝、神社参拝、勤労奉仕などを行う。また、食事は一汁一菜とし、児童生徒の弁当は、日の丸弁当(弁当箱にご飯を詰めて、その真ん中に大きな梅干し1個を入れるだけの弁当)にするようにとも言われた。さらにその日は、飲食、接客業等は営業自粛をするようにとも言われた。

これは、1937年7月7日に始まった支那事変(日中戦争)に収束の気配がみられず、長期戦の様相を呈している中、同年10月から始まった「国民精神総動員運動」の一環として、実施されることになったものである。国民の戦意高揚、聖戦遂行の決意を確かめ合う日としようとしたものである。そのため、第一線で戦う兵士の戦闘を偲び、銃後の国民生活改善、物資の節約等の実践が進められたのである。その頃から、広告やポスターなどでは「贅沢は敵だ」、「パーマネントは止しましょう」、「欲しがりません勝つまでは」、「兵隊さんよありがとう」等と言う標語がよく見られるようになった。また、興亜奉公日には、小学校4年生以上の生徒は、出征兵士の家や名誉の家（戦死者の遺族の家）等に勤労奉仕に行ったのである。

この興亜奉公日は、1941年12月8日、大東亜戦争の開戦を機に、開戦の詔勅を賜った8日を毎月「大詔奉戴日」と定められた（翌年1月2日）のを機に廃止された。

⑪ 祝日と祭日

私たちが小学生の頃（1938〜1943年）は、小学校が休み（正規の授業が行われない日）となる祝日や祭日という日が、年に十数日あった。

先ず、祝日は年4日。1月1日の四方拝（シホウハイ。天皇陛下が年の初めにあたり四方の神々に年頭の挨拶と、天下太平、万民安寧等をお祈りされる日）、2月11日の紀元節（キゲンセツ。初代の天皇である神武天皇が、大和の国橿原で即位された日、即ちわが大日本帝国がスタートした日）、4月29日の天長節（テンチョウセツ。今上天皇陛下の誕生日）、それに11月3日の明治節（メイジセツ。明治天皇の誕生日）である。

これらの日は、通常の授業はないが、生徒、教職員は全員登校し、その日をお祝いする式典が行われた。式典は、生徒、教職員全員が講堂に集まり、正面に奉置された御真影（天皇、皇后両陛下の写真）に最敬礼、つづいて宮城遥拝、校長先生による教育勅語の奉読、君が代斉唱、校長先生の式辞、その祝日を寿ぎ祝う歌（4つの祝日のための歌がそれぞれ作られていた）の斉唱で式典は終わる。そのあと、御真影と教育勅語を奉安殿にお送りして解散ということになるのである。が、小学生、特に低学年の生徒たちは、式の後教室に戻ってから一人ひとりに配られるお祝いの品（紙箱に入った紅白2個の饅頭か、落雁と決まっていた）のことが気になって、式の後半頃から、そのお祝いの品のことをささやきあっている生徒もいた。

お祝いの品は、教室に戻ってから、先生から生徒一人ひとりに渡されるのであるが、生徒の中には、先生から頂いた箱のふたをそっと開けて、食べたそうにジッとその饅頭を眺めて、惜しそうな顔をしながらまたふたをしているような生徒もいた。

私たちが生まれ育ったところでは、甘いお菓子などを食べられるのは、1年間に十数回程度であった。親戚に婚礼や法事があると、それらの時にお土産（引き出物）として出される饅頭など。このほか、お盆など、年に数回程度、母親が作ってくれる餡子入りのやきもち（今は「おやき」と言われている）などであり、お菓子を買って食べるということは無かった。村のなかにはお菓子屋も無かった。このような状況であったので、年に4回の祝日で学校から頂く饅頭などは、本当に美味しく、その日が待ち遠しかった。私の家では、毎年3人か4人が小学校に通っていたので、学校から頂いてくる饅頭などの数は、6個とか8個となる。これを、私たち小学生は1個ずつ、未就学の弟妹や両親は1個を半分に分けて頂いた。

一方、祭日というのは、主として皇室において祭祀が行われる日、例えば、新嘗祭、神嘗祭、春秋の皇霊祭や、初代の神武天皇が崩御された4月3日の神武天皇祭、大正天皇が崩御された12月25日の大正天皇祭などであった。これら祭日となる日は、学校は休みとなるが、家で農作業の手伝いをさせられるのであまり嬉しい休日ではなかった。また、いつ頃からか、3月6日の地久節（皇后陛下の誕生日）、3月10日の陸軍記念日（1905年、明治38年の日露戦争の奉天合戦に勝利した3月10日を陸軍記念日と言っていた）や5月27日の海軍記念日（1905年の日露戦争の日本海海戦においてロシア海軍に勝利した5月27日を海軍記念日と言っていた）も学校での授業は無かったが、少しきつめの遠足とか、道路や公共施設の清掃などを行うことが多かった。

現在（2024年4月1日）では、「国民の祝日に関する法律」において、祝日は、次のように定められている。元日、成人の日、建国記念の日、天皇誕生日 春分の日、昭和の日、憲法記念日、みどりの日、こどもの日、海の日、山の日、敬老の日、秋分の日、スポーツの日、文化の日、勤労感謝の日。また、1945年まであった従来の祭日は、本来、宮中（皇室）の行事であり、国が直接関与するべきものではない、ということで、国の行事としては扱われていない。

⑫　初めてラジオ放送を聴く

ラジオは、１９００（明治33）年カナダのレジナルド・フェッセンデン（エジソンの弟子）によって発明され、初めてのラジオ放送は、１９０６年、彼によって実施されたと言われている。なお、正式な公共放送は、１９２０（大正９）年11月２日、アメリカ、ペンシルバニア州ピッツバークで開始された。その時からまだ１００年ほどしかたっていないのである。

日本においては、１９２５（大正14）年東京、名古屋、大阪の各放送局でラジオ放送が始まった。この３局が、翌１９２６年に合同して、日本放送協会が設立された。１９３１年には第２放送が、１９３４年には短波放送も開始された。しかし、短波放送は、翌１９３５年になって、軍事上の問題があるとして使用が禁止された。

私が生まれた村に初めてラジオが入ったのは、１９３６（昭和11）年であると言われている。最初にラジオが入った家には、毎日近所の人たちが大勢集まって、「こんな小さな箱に入れる人ってどんな人かネー」などと言いながら、この不思議な発声体から出る言葉や音楽に聞き入っていたという。私も小学校１年生の頃、同じ集落でラジオが入った家に行って初めてラジオを聴いたが、こんな不思議なものが世の中にあるのかと本当にびっくりしたことをおぼえている。１９３９（昭和14）年１月15日の夕方である。しかも、その時に聴いた放送が、大相撲春場所の実況放送である。そして、その日の取組みに、横綱双葉山と前頭４枚目安芸ノ海の一戦が組まれていた。横綱双葉山が連勝をしていることは家族の話等で知ってはいた。その双葉山が安芸ノ海に敗れ、連勝が69で止まったその瞬間の放送である。その時は何が起きたのかすぐには理解できなかったが、双葉山が敗れたことだけは分かった。ラジオの放送はテレビと違って、取組みの力士はもちろん、土俵も行司も見えない。アナウンサーの実況放送で知るほかないのである。後で聞いたことであるが、この時のアナウンサーは、スポーツの中継放送で有名な和田信賢アナウンサーであった。その時私は、7歳であった。

この頃の日本は、1937(昭和12)年7月7日に中華民国、北京西南郊外、盧溝橋で発生した中華民国軍と日本陸軍との交戦(当初「日華事変」と言ったが、同月11日「北支事変」と変わり、さらに同年9月2日「支那事変」と命名された)とそれに続く戦況(戦勝)、内閣の交代や改造、軍隊の動きなどの報道や、流行歌や講談、落語等ラジオが無ければ世の中の動きに付いていけないというような雰囲気があったのではないかと思う。私の家も大人2人子供8人の大家族であり、小学生4人の強い要望もあってか、1941(昭和16)年12月7日夕方、待望のラジオが入った。当時は、電灯だけに電気を使っている普通の家庭では、電気は夕方5時頃から翌朝7時頃までしか送られてこない仕組みになっていた。すなわち、自分たちの必要に応じて電気のスイッチを入れるのではなく、夕方決まった時刻になると自動的に電気が送られてきて、翌朝決まった時刻になると自動的に電気が切れるという仕組みになっていた。それが、ラジオが入ると1日中電気が必要になるので、各戸への電気の引き込み線は、普通2本の電線のところ、もう1本「昼間線」

という電線が引かれることになる。それにより、1日中電気がきていることになるので、朝明るくなると電灯を消し、夕方暗くなると電灯をつけるということをしなければならないことになる。ラジオが入っている家は、その家への電気の引き込み線を見ると直ぐに分かるのである。私も、ラジオが入り、昼間線が入った時は、なんとなく、誇らしい気持になったことを今でも覚えている。

私の家にラジオが入った1941（昭和16）年12月7日。この日は、奇しくも、日本が米英両国と戦争を始めた日の前日である。翌8日の朝はラジオを聴くのが待ちどおしく、夜が明ける1時間も前から、ラジオをつけていると、突然「臨時ニュースを申し上げます、臨時ニュースを申し上げます、大本営陸海軍部発表、12月8日午前6時、帝国陸海軍は今8日未明、西太平洋上において米・英両国と戦闘状態に入れり」と言う放送が繰り返し流れた。そのニュースを聞いた私の父親は「やっぱりやったか、どうなるのかなー」とつぶやいたのは今でも覚えているが、そのつぶやきがどういうことを意味していたのかは今でも判らない。

昭和16年12月8日、この日からラジオ放送は大きく変わった。私たちが最も残念に思ったのは、天気予報や気象情報の放送が全く聴けなくなったことであった。それに代わり、勇ましい軍艦マーチで始まる「大本営発表」の臨時ニュースによる赫々たる戦果、大東亜共栄圏建設のための聖戦への協力、戦意高揚、銃後の守り等に関する番組で埋め尽くされた。と言っても、落語とか浪花節あるいは大相撲（今とは違って年2場所）などの放送もあり、心の慰安、娯楽としての役割も担っていた。

ラジオによって報道される、真珠湾攻撃、マレー沖海戦、シンガポール占領とシンガポールを昭南島と改名、マニラ占領、など続々と上がる戦果が報じられ、日本国中沸き立つような雰囲気であった。私たちも、子供ながら、天皇陛下のご聖断によるこの戦争、負けることはない。必ず勝って大東亜共栄圏を建設し、天皇陛下のご聖志をアジア全体に広げていく。このため私たち青少年も、この戦争の勝利のために尽くさなければと、強く思うようになっていった。

⑬ 回虫と海人草　学校の糞尿処分

私たちが小学生の頃は、毎年5月頃になると学校で、回虫の駆除のためと言って、海人草を煎じた薬を飲まされた。海人草とは、海の岩礁に着生する紅藻であり、この海人草に含まれる海人酸が回虫の駆除に有効と言うことであった。回虫は、人に寄生する寄生虫であり、人体内にいるその幼虫が咳や痰を発生させたり、時には出血性肺炎を起こしたりもする。また、その成虫も人によっては虫本体の機械的刺激や分泌する有害物質により腹痛、吐き気、頭痛、あるいは不眠などの神経症状を起こすこともあると言われている。飲まされる海人草の液がなんとも言えない異様な匂いと味がして、海人草を飲むと言われただけで、身の縮むような感じに襲われたものである。また、この海人草を飲んだ後数日は、回虫がお尻から出てくるのである。私の場合は殆んど出ることは無かったがクラスの半数を超える者は何匹か出たということで、それを学校に持ってきた。体長2センチ程度の幼虫から、成虫は15センチから20センチ位の薄紅色でミミズのように細長いものであった。しかし、その成虫は、何となく気持ちが悪く、それをしっかりと見ることは出来なかった。この回虫の幼虫や卵は、排泄される人糞に潜入していることが多く、その人糞が畑で肥料として使われる時に、野菜等に付着する。そしてその野菜等を生で食べた人の体内に入り、人に害を与えながら成虫となり産卵する。産卵された卵や幼虫は大便と共に排泄され、それがまた畑で肥料として使われ、排泄された卵や幼虫が野菜に付着する。この繰り返しを断つために、海人草が使われていたのである。現在は人糞が野菜等の栽培に使われることは、ほとんど無くなっており、回虫の被害も無くなり、小学校で一斉に生徒が海人草の煎じ薬を飲むということも無くなったようである。

人間の糞尿は、昔から農作物の有力な肥料として大切に扱われてきた。1940（昭和15）年頃、私が小学生の頃は農村では、農業を営んでいない家も含め、大便、小便は溜（肥溜＝コイダメ）と称する大きな器（木製の大きな桶の家も半分位あったが、私の家ではコンクリートの2連ものになっていた）で溜め、それに風呂（五右衛門風呂）の落し湯も交えて蓄えておく。その貯溜がある程度の量になると、肥桶に移し、肥桶二つを天秤棒で担いで畑へ運ぶのである。私も小学校5～6年生から中学生・高校生の頃は、その肥桶の運搬をよく手伝わされた。肥桶を運ぶことは、どの家でも行っていることなので、みっともないとか、恥ずかしいといった思いは全く無かったが、匂いには閉口した。畑に運んだそれは、野溜（ノダメ）のある畑ではそれに移す、野溜の無い所では柄杓（ヒシャク）で野菜その他の農作物の周り等に直接撒くというのが普通であった。

小学校の便所の糞尿は誰がどのように処分していたのか。１９３１（昭和６）年私が生まれた頃は、学校の近くの比較的規模の大きな農家が、心付け程度のお金か、野菜等の農産物を学校に届ける等で、それを引きとり肥料として使っていたようである。それが、太平洋戦争が激しくなってきた、１９４１（昭和16）年頃からは、化学肥料がほとんど無くなる。一方、食糧増産が声高に叫ばれるなかで、農家にとっても、糞尿は貴重な肥料としていくらでも欲しいという状況になった。そのため、小学校の便所の糞尿を買い取りたいという農家が何軒か現れて、誰にその処分を頼むかを決めかね、学校では入札によって、一番高額で買い取ってくれる農家に処分を依頼するというようなことも何年か続いたようである。今では想像もできない。今は逆で、下水道での処理ができない地域の学校でも、農家が学校の便所の糞尿を引き取るというようなことは、全く無く、糞尿処理の業者に処分料を払って処理を頼んでいる。

⑭ むかし 昔

私たちが子供の頃、今から80年以上も前になるが、当時、家にはテレビは勿論ラジオも無かった。また、大抵の家では絵本や雑誌なども無かった。子供たちにとって夕食後の楽しみの最大のものは、父や母、時には姉や兄が話してくれるお伽話や童話であった。ひとつの話が終わって、また次の話をせがむが、2番目の話が終わらないうちに眠ってしまうというのがほとんどであった。その時に聞いたお伽話や童話のほとんどは、「むかし、あったっちゃ、あるところに…」とか「むかし、むかーし、大きな森の中に…」というような言葉から始まることが多かった。

昔とはどのくらい前の時を言うのか。「10年一昔」とも言われるが、それでは50年は5昔かというと、そうでもない。中には5～6年前のことでも「昔の事だけど…」などと、昔のことにしてしまう人もいる。私の場合は、明治の終わり頃とか、昭和の始め頃、あるいは小学生の頃というように、時代がある程度限定できる時は、昔ではなくその時代を言うようにしている。昔には制限が無い。10年前も10万年前も昔である。5千年以上の昔から現在に至る間の世の中の出来事、流れは、歴史として学校で学ぶし、その後も書物や人の話で教わることが多い。歴史でみる人間と人間との関わり合い、人間が、自然から受ける恩恵や、自然が起こす災害への対応。これらのことは、幾多の曲折、ときには甚大な犠牲を払いながらも、前には進んできたと思う。科学や文化の進展等をみると、人間にとっての物質的な恩恵は、今後も増大が予想される。しかし、人間同士の関わり合い、軋轢というようなものの進歩、改善となると、たやすいことではない。人間同士の土地や富の奪い合い、他人を差別することによって、自己の優位感を満足させようとすることなどは、早く無くなって欲しいと思うが、容易なことではない。何万年以上の歴史の中で、人間同士がどのような意図で、どのような企み、どのような争いをしてきたか、その流れをみることは大事なことであると思う。そして、その流れがどのような方向に向かっていくのかを考えてみるのも必要であり、そのために自分の生き方を考えてみることも意義のあることであると思う。自分たち人間の、現在の立ち位置を見定めるということからも、興味深いことである。また、自分を一人の人間として見ても、70年、80年の間に体験し、見、聞きしたことを振り返ると、良かったこと、悪かったこと。嬉しかったこと、悲しかったこと。努力が足りなかったと思うこと等が思い浮かぶ。それを自分の子供たちや、若い人たちに伝えていくことも、意義のあることであると思う。私の場合は、90年の生涯で最も大きな影響を受けたのが戦争である。日清戦争、日露戦争、第1次世界大戦、第2次世界大戦など。直接的な戦場でのかかわりこそは無かったが、心身の成長、その後の人格の形成、行動の規範には大きな影響を受けたと思っている。戦争という、一般の人たちにとっては、残酷、無益な人間同士の殺し合い。何故に戦争が始まるのか、戦争を防ぐことはできないのか。戦争によって喜ぶ人がいるのか、戦争によって得をする人がいるのか。よくよく考えなければならない問題であると思っている。只今この瞬間でもまだ東欧や中東、アフリカなどでは一般の住民まで巻き込んだ戦争が続いている。地球上から戦争が無くなり、戦争は昔の話、と言える日が早く来るとよいと思っている。

⑮ 田植休みと稲刈り休み

私が小学生の頃、毎年7月の終わり頃になると、東京に住む私たちの従兄弟（と言っても、私よりも20歳以上も年上）が、小学生の子供たちを連れて私の家に来て、何日か滞在していた。子供たちは、小学生なので「学校へ行かなくていいの？」と聞くと、「もう夏休みなので、学校へは行かなくていいのだ」と言う。その頃、私たちの小学校では、夏休みは8月に入ってから始まり、期間も3週間程度であった。母親に、「どうして、東京の小学校では、夏休みが長いの？」と聞くと、「東京では田植え休みも、稲刈り休みも寒中休みも無い、その分、夏休みが長くなっているのだ」と言うことであった。確かに、私たちの小学校では、6月の始め頃に、1週間ほどの「田植え休み」が、10月の始め頃にも、1週間ほどの「稲刈り休み」あった。ほとんどが農家であった私たちの村では、稲作（米造り）が最も大事な仕事であり、最も手間が掛かる作業であった。中でも田植えの頃と、稲刈りの頃は、本当に忙しかった。「猫の手も借りたいほどの忙しさ！」とはこの頃のことを言うのだと思っていた。小学校低学年の子供でも、弟妹の子守とか、田植えの頃は、苗運びなど、稲刈りの頃は刈り取った稲束の運搬や、稲束の整理とか、大人の手助けとなる作業も少なくなかった。また、身近で農作業を手伝うことで、その作業の意味や手順が自然に身につくというプラスもあった。しかし、今は農業の機械化等で子供が手伝う作業も少なくなった。また、今では、農作業の手伝いをするよりは勉強をしなさい、という親の意向もあって、小学生が農作業を手伝うようなことは、少なくなってきている。従って、かなり前から、「田植え休み」や「稲刈り休み」は無くなったようである。

この二つの休みのほかにも、毎年1月の下旬頃、1週間ほどの「寒中休み」という連続した休みがあった。これは、小学生の安全と健康に配慮しての休みであった。私たちの小学生の頃は、今よりは冬期間の降雪量は多かったように思う。私の場合は、家から学校までの距離は片道2㎞ほどであったが、途中、雪のために歩行が危険、困難と思われるような箇所も少なかった。しかし生徒の中には、通学路が片道4㎞以上もあり、積雪が多い時とか吹雪の時などは、道路の位置さえも分からない時もあったようである。特に1月の下旬頃は寒さも厳しかったので、生徒の安全、健康を考えて設けられた休みであったと思う。今では、積雪量も少なくなっているようであるし、通学路の整備も行われているので、この休みも無くなっているようである。

⑯ 電気が点いた

今から85年くらい前、私が小学校に入った1938（昭和13）年の頃は、電気と言えば電灯のことであった。〝電気が点いた〟とか、〝電気を消せ〟等の電気とは、電灯と同じ意味であった。当時、私たちの村では、電灯以外に電気を使うというようなことは、ほとんど無かったのである。

日本で初めて電灯が点いたのは、東京で、1887（明治20）年と言われている。私たちの村に電灯が入ってきたのは1920（大正9）年である。東京で電灯が点いてから33

年後であった。

　私たちが小学校に入った頃は、電気を点けるとか、電気を消すというようなことはしなかった。その頃は、電気は夕方になると自然に点き、朝明るくなると自然に消えるということになっていた。電気料金が上がるから電気を消せとか、もったいないからそんなに早く電気を点けなくてもよいというようなことも無かった。勿論、電気の使用量を測るメーターも無かった。でも、お年寄りのなかには、明るくて眠れないから電気を消してくれと言うような人もいたようであるが。もっとも、電気はどの部屋にもあるというものではなく、私の家でも座敷、茶の間、勝手の3か所くらいであったような気がする。夜眠る時に明るくて困る人は、電気の無い部屋に行けば良かったわけである。また今とは違って1個の電灯につくコードは3メートルから長いものは5メートルを超えているものもあった。このコードを伸ばして隣の部屋や土間、軒下等の照明にも使えるようになっていたのである。特に農家の場合、秋の収穫時期は、日没後も収穫物の整理等、家の庭で作業をすることが少なくなかったが、その時は茶の間の電灯のコードを伸ばして、電灯を軒先に移して、照明に使っていた。

　では、電気が入るまでは、照明は何によっていたか。電気が入ってくる前はランプが使われていた。ランプの前は、行灯(アンドン)が永く使われていた。私は、行灯が実際に使われていた頃は知らない。しかし、ランプは私が子供の頃は、家で使われなくなったものが何個かあった。停電の時などは、実際に使われたこともあった。また、私たちの父親は「俺たちが小学生低学年の頃は、学校から家に帰ると、なにをおいても数個のランプのホヤ磨きをさせられたものだ。今の子供たちはそれが無いだけでも有り難く思わなくては」と言っていたことを憶えている。

１９７０（昭和45）年頃には、既に、照明は勿論のこと、ラジオ、テレビ、洗濯機、冷蔵庫から、空調機まで全てに電気が使われるようになった。しかし、約１００年前は、私たちの村でも、恐らく日本の大半の農村でも、電灯さえ有るか無いかの状況であった。今の子供たちには、電気の無い時代は想像も出来ないだろう。でも現在は、電気の便利さにどっぷりと浸かって、電気の無駄使いということも少なくないと思われる。電気がどのように作られるのか、それには地球上のどのような資源がどのように使われているのか、またその使われ方によって生ずる大気汚染等環境問題の対応が出来ているのか、と言うようなことを考えてみることも大事だと思う。一時は低廉で環境汚染も無く、夢のような電力と言われた原子力発電も、ソ連（チェリノブイリ）、アメリカ（スリーマイル島）、日本（福島）等における深刻な事故によって、それの危険性が大きな問題となっている。加えて、使用済み燃料や廃棄物の処理等が未解決のままである。原子力発電が、ドイツ等一部の国を除き、今後もそれが維持、増強の方向に進んでいることは地球規模での大きな不安材料である。将来を通じてその安全性の確保を見定め、英断の時が来ているのではないかと思う。

１９７０（昭和45）年頃だったろうか、家庭用の電気製品として、テレビ、電気洗濯機、電気冷臓庫の三つが「三種の神器」と称されて、家庭、特に新婚家庭においては、憧れの電気製品と言われていた。娘の結婚に際して、この三つの電気製品を買い与えるために苦労した父親が少なくなかったようである。三種の神器とは、おそらく学校でも学ぶだろうが、これは皇位継承の証として、代々新天皇に引き継がれる、剣（草薙の剣、クサナギノツルギ）、璽（勾玉、マガタマ）、鏡（八腿の鏡、ヤタノカガミ）のことをいうのである。三種の神器の継承は、天皇即位の最重要事項であるとされている。

⑰ 初めて汽車に乗った

私が初めて汽車に乗ったのは、１９３９（昭和14）年9月。小学校2年生、8歳の秋であった。当時私が住んでいた下水内郡永田村から、となりの豊井村の上今井へ。そこから、千曲川を船橋で渡ると、下高井郡高丘村となる。その高丘村の安源寺というところで毎年9月、小内八幡神社のお祭りがある。そのお祭りに併せて？　馬市が開かれる。この馬市は、小内八幡神社の参道２００ｍほどの両脇に、仮設の馬小屋が設けられ、多くの馬が繋がれる。そこでは、馬の取引を業とする馬喰『バクロウ』という人たちと、馬の買いや、売りを望む農家や運送業の人たちが入り混じって、私たちにとっては、特別な、非日常的な光景が繰り広げられる。

この馬市は、長野県北部では有名な行事（１９５５年、昭和30年の開催が最後となり、その後は行われていない）であり、私たちの集落でも小学校4～5年生くらいまでには、ほとんどの人は、この馬市を見に行った経験をもっていた。

私は、小学5年生の次兄と、近所の小学生4人、合わせて6人で、この馬市を見に行った。次兄と私は、母親からそれぞれ、むすび（おにぎり）二つと10銭（10円ではない）のお小遣いを貰って、みんなと一緒に勇んで出かけた。途中、飯山鉄道（当時は国鉄ではなく、「会社線」であった）替佐駅で、めったに見ることのない、駅のホームや線路を物珍しそうに眺め、ほぼその線路に沿った国道を歩いた。そして飯山鉄道上今井駅の近くで左に折れて、千曲川にかかる船橋を渡った。船橋は、4分の1くらいの橋脚が川底ではなく、幾艘も連なる舟の上に建てられており、板敷きの道路面は、舟の浮沈によって常に上下し、安定していない。千曲川のような大きな川は見ることも、渡ることもほとんどない私たちにとっては、この船橋を渡るのはとても怖かった。

船橋を渡って30分程で、安源寺の小内八幡神社と馬市の会場に着いた。小内八幡神社では、奉納相撲大会も行われていた。私たちは、小内八幡神社にお参りをし、奉納相撲をちょっと見て、あとは付近に出ている露店で買い物などを楽しんだ。と言っても10銭のお金では欲しいと思うものの半分も買えない。この時も私が買ったのは、綿菓子、くし刺しのおでん、ラムネ、パッチ（メンコ）等であった。これらはほとんど、一つ1銭であった。その頃欲しいものの一つであったハッカパイプは確か5銭だったような気がするが、それは買えなかった。その後付近の土手に腰を下ろしてみんなで昼食をとり、馬市の行われている所を見て回り、帰路についた。帰りは来た道を逆に歩くのであるが、千曲川にかかる船橋を渡った頃はみんな疲れが出たか、だれ言うとなく「帰りは上今井から替佐まで汽車に乗って行こう」ということになった。私も喜んだが、上今井駅に着いて料金表を見ると上今井駅から替佐駅までは子供料金で片道3銭である。すぐにポケットを探したが2銭しかない。さてこれはどうしょうと、次兄に小遣いの余りはどのくらいあるかと聞いた。4銭あるという返事であったので、ほっとした。これで俺も汽車に乗れると。全員、上今井替佐間、片道3銭のキップを買い、汽車の来るのを待った。30分ほど待ったと思うが、ガソリンカーという気動車が来た。その頃、飯山鉄道では、旅客専用の気動車と、蒸気機関車が牽引する貨車と客車の混合列車が走っていた。初めて乗った汽車。発車の合図とともに汽車は動いた。自分は立ったままなのに、車窓の景色が次々と変わっていく。右側の窓からは、悠々と流れる千曲川が眼下に見える。もう夢のような気分であった。しかし、この興奮の時間も直ぐに終わった。初めて乗った汽車は約6分で替佐駅に着いた。未練はあったが降りざるを得ない。たった6分間の乗車であったが、これで、私も汽車に乗ったことのある人の仲間に入ったと思うと、また別な感慨を覚えた。

替佐駅から、また3キロ近くを歩いて家へ帰った。帰ってすぐに、両親やきょうだいに、汽車に乗った話をした。妹たちは、「私も早く汽車に乗ってみたい」と羨ましがっていたが、両親は「それは良かったじゃないか」と素直に喜んでくれた。

⑱　無尽　萱無尽

私が小学生の頃、1940（昭和15）年頃、年に何回か父親が「今夜は無尽だから…」と言って他所へ出掛けることがあった。

無尽ってなに？　と、その言葉の意味は、解らなかったが、父親が無尽で出かけた時は、ほんのちょっとであるが、駄菓子とか飴玉とかを持って帰ってきたので、無尽というのも悪くないなと思っていた。その後、父親から無尽の話を何回か聞くうちに、おぼろげながら分かったような気になった。特に萱無尽の話は簡潔で直ぐに理解出来た。その萱無尽の話をすると、その頃の農村では人の住んでいる家（家屋）のほとんどは、萱葺き屋根であった。萱葺き屋根は、大体20年前後で大規模な葺き替えが必要となる。1軒の家の屋根を全部葺き替えるには相当の量の萱が必要になるが、その家1軒でそれを用意することは容易ではない。そこで、20軒位の家で萱の無尽講と言うものを立ち上げ、毎年屋根の葺き替えを希望する家を1軒にしぼり、講の仲間が自分の家の土地で育った萱をその家に持ち寄る。この方法で、順番に屋根の葺き替えがスムーズに実行出来るということになる。更に、これは自分の土地で育った萱を捨てることなく活用でき、その萱の生育する土地の保全管理も適切に行えるという、一挙両得とも言えるならわしであった。このようなことは生活の知恵から生まれたもので、すでに鎌倉時代くらいには行われていたと言われている。この無尽講という方法は、貨幣が流通する社会になると、金に余裕のある者と、まとまったお金を必要とする者を上手に引き合せてお金の有効活用を図るということにも発展した。

そして、お金の借り手、貸し手は利息のやり取りをする。普通の農家でも、家屋の新改築とか土地の取得とかで、まとまったお金が必要となる場合もあるが、それに備えて10人から20人くらいで無尽講を立ち上げ3カ月とか半年毎に一定金額、例えば一人5円（当時の金で）を持ち寄る。10人なら50円、20人なら100円とまとまった金額になる。そのまとまった金を借りたい人が、50円の1割引きの45円、100円なら90円というような金額で借り受ける。その時に借り受けたい人が複数の場合は入札で最も割引率（利率）の大きい人が借り受けるということになる。1割引きで借り受けた人は1割の利息を前払いしたということになり、その他の人は5円の1割、50銭が利息と言うことで戻って来るということになる。また、風水害や火災等の災難に遭った人を助けるという趣旨でその人のために無尽講を立ち上げ、10人とか20人とかの人が集まって無尽を続けるというようなものもあったようである。近くに金融機関が無い、あっても金融機関からの借り入れは手続きが面倒だ等の理由で1940（昭和15）年頃まではこの無尽ということがよく行われていたようである。その頃以降は、太平洋戦争の戦時体制とか、インフレ等のため、このような無尽講はほとんど行われなくなった。萱無尽についても、家の萱葺き屋根はトタン等で覆うようになる、新築の場合も瓦とかスレートとかの屋根に変わるなど、萱の需要はほとんど無くなってしまった。このような環境の変化に伴い、萱無尽も、現在では全く無くなってしまった。

一方、1915（大正4）年には、無尽講の設立やその運営を、業（商売）として行う者の資格、業務の規制等を定めた無尽業法が制定されている。これにより都市部においては主として金銭の融通を主たる業務とする無尽会社が設立されるようになった。更に、1931（昭和6）年、私が生まれた年であるが、この無尽業法が改正され、無尽を業として行う者は、資本金10万円以上の株式会社でなければならないこととされた。その後多くの無尽の株式会社が設立されたが、経済活動でも戦時体制が強化された、1940（昭和15）年頃から1945年頃まではその活動も低調であった。しかし、1945年、太平洋戦争後の旺盛な資金需要に伴って各地に無尽会社が設立され、その活動も広がるようになった。さらに、1951（昭和26）年に相互銀行法が制定され、無尽会社の業務のほとんどがその法律の規制を受けることとなった。このため、無尽会社のほとんどは相互銀行に移行し、無尽を名乗る株式会社は無くなった。この相互銀行も1990（平成2）年、普通銀行となり、第二地方銀行と呼ばれるようになった。

⑲ 小学校の修学旅行

私が通学していた永田国民学校（小学校）では、初等科（尋常科）6年生と高等科2年生になると、修学旅行に行くことが例となっていた。行く先は、尋常科6年生は、新潟県の直江津港（当時の直江津町、現在の上越市）、高等科2年生は、三重県の伊勢神宮と決まっていた。しかし、1941（昭和16）年からは、戦時体制強化の一環ということで、高等科2年生の伊勢神宮への修学旅行は見合わせ、初等科6年生の修学旅行はその名称を鍛錬遠足と変えて続けられていた。鍛錬遠足と名称は変わっても、汽車に乗っての1泊2日の旅行は、誰もが待ち望んでいる行事であった。その頃、同級生男女合わせて70名ほどのうち海を見たことのある者は10名もいなかったと思う。もちろん私も、その時まで海を見たことは無かった。他所で泊まるという旅行の経験も無かった。修学旅行の時期は前年度までは、5月下旬から6月上旬の間に行われていたが、なぜかその年1943（昭和18）年は10月8～9日で実施された。

10月8日午前6時半頃だったと思うが、50名余りの6年生（学校より北西方向の集落の生徒は途中で合流することになっていたので学校には来なかった）が集まり、引率の先生から、持ち物の点検や途中での注意事項の話があり、いよいよ待望の修学旅行は始まった。その時の生徒の服装は、全員洋服であった。と言っても女性は大半が下はモンペであった。履物は大半がズック靴（運動靴）であったが、地下足袋の生徒が数人、足袋に草鞋（ワラジ）という生徒も何人かいた。旅行中の履物については、学校からは、特に指定はなかったが、足に負担のかからないものということで、草鞋も学校の勧めるものの一つであった。ただし草鞋の場合は、2足以上の予備を持って来るように言われていた。持ち物も、その日の昼食用のおむすびのほかは予備の下着1～2枚に手拭いとメモ帳ぐらいだったので、ほとんどの生徒は母親手づくりの袋に入れており、リックサックというようなものを持っていた生徒はほとんどいなかったような気がする。

学校を出発して5～6キロまでは、途中で合流した生徒もいたので、挨拶をしたり、

「本当に海の水は青いのか」などと話したりして、楽しそうに歩いていた。しかし、村境を超えて古間村から、信濃尻村（当時。いずれも現在の信濃町）に入る頃になると、声を出す生徒も少なくなり疲労の様子も見えてきた。

12時頃だったろうか、野尻湖の湖畔で昼食をとることになった。昼食中は、疲れも忘れたようであったが、また歩こうということになると「まだ歩くんですか」とか、「あとどれくらい歩けばいいんですか」とかいう不満そうな声も出た。引率の先生からは「あと1里（約4キロ）。ひと頑張りだ。汽車に乗れるぞ」と鼓舞する言葉も出たが、生徒たちは、話をする者も少なく、重い足取りで、また歩き始めた。野尻湖畔を出て1時間ほど、長野、新潟の県境を流れる関川が見えた。そして、その向こうに信越本線の田口駅（現在は「しなの鉄道」、「えちごトキめき鉄道」の妙高高原駅）が見えた時は、本当にみんな喜んだ。

午後2時頃だったろうか、田口駅から汽車に乗って直江津駅に向かった。汽車の揺れや移り変わる車窓の景色に見とれているうち、1時間余りで直江津駅に到着した。駅からは歩いて宿泊予定の山崎屋旅館に到着した。旅館の2階に案内されて、窓を開けると、直ぐそこが海。海は広い、海の向こうには何もない、海は空とくっついている、などと、初めて見る海に、驚きの声を上げるなど大変な騒ぎであった。

その海に触れてみようと、旅館を出て、目の前の海の水にも触れてみた。海の水はしょっぱいと思っていたが、家の井戸の水と変わりがないのでこれにも驚いた。

それからが問題。私を含む男子生徒5人が、近くにある桟橋に上り、その先端まで走っていったのである。それが直ぐに先生に見つかり、栈橋から降りたところで、5人並んで叱られ、一人ずつ頬を殴られたのである。その時は、それ程悪いことをしたとは思わなかったので、なんで殴られたのか納得出来なかった。しかし、今考えると、引率の先生からすれば、海を知らない子供たちが、栈橋の上を走っているのを見て、もし誤って、海に転落でもしたら、と身の凍るような思いをされたのであろう。やはり私たちが悪かったのだと納得できる。

夕方6時から、大広間で夕食。見たこともない魚が何種類も出て、毎日このような美味しい魚を食べられるなんて、やっぱり海の近くはいいのだな、などと思ったりもした。

夕食が済んで、男女別々の大きな部屋に敷かれた布団に入った。みんな疲れているはずだが、すぐには眠れず、あちらこちらで話をする声が続いた。9時過ぎに先生が回ってきて、早く眠るようにと言われたが、それでも、眠らない、或いは眠れない生徒もいた。生徒の話し声が少なくなると、ザー、ザーという波の音が、心地良く聞こえるようになった。

翌10月9日は、6時起床、7時朝食というようなことであったと思うが、ほとんどの生徒は朝早くから海辺で遊んでいた。

8時ころ旅館を出て、また歩いて「五智の水族館」へ。珍しい魚もいたが、魚のいない水槽もあったりして、期待していたものとは若干違うような気がした（現在は、「上越市立水族博物館うみがたり」として、規模も内容も格段に立派な水族博物館となっている）。

水族館見学の後、春日山城址をめぐり、そこで昼食。12時ごろ信越本線春日山駅から帰りの汽車に乗った。帰りは、田口駅ではなく、その先、柏原駅（現在の黒姫駅）、古間駅を超えて、牟礼駅で下車した。牟礼駅から永田国民学校までは1里強（約5キロ）位だろうか、ほぼ1時間半の道のりである。それでも行きの田口駅からと比べると3分の1程度の距離であり、生徒からもほとんど不満の声は聞かれなかった。また現在のように、お土産をたくさん買って帰るというようなこともなかったので、帰りは身軽でもあった。

家に帰って、両親や家族の者から、「修学旅行は楽しかったでしょう」と聞かれて、ほとんどの生徒は「楽しいこともあったけど、あんなに歩かなければならない修学旅行ならもう行きたくない」と言ったということである。やはり、修学旅行ではなく、鍛錬遠足であったのだ。

（10） 母親が怒った、泣いた―金属類回収令

１９４１（昭和16）年頃には、大東亜戦争（この時点では「支那事変」と呼ばれていた）の戦域拡大とともに、戦闘用の艦船、車輌や武器等の製造も増大し、それに必要な鉄、銅その他の金属類の不足が大きな問題となってきた。このため、政府は１９４１年８月「金属類回収令（勅令）」を出して、市中にある金属類の回収を始めた。しかし、同年12月の米英両国との開戦により更に戦域の拡大、戦局の悪化等が重なり、金属類の不足は一刻

の猶予も許されない状況にまで達した。これに対処するため政府は、1943年8月、1945年2月と2回にわたり金属類回収令の強化徹底を計ることとした。それによって、全国の寺院にある梵鐘、当時多くの小学校にあった二宮金次郎の銅像等は、ほとんど供出させられた。更には一般家庭にある仏具から、金属の火鉢や火箸も供出ということになった。我が家でも、仏具と火鉢は供出することになった。更にその時、父親は、箪笥の引出しについている把手も出さないわけにはいかない、と言い出した。母親が嫁入りの際に持ってきた、お気に入りの桐の箪笥、その引出しに付いている金具。母親の言によれば、その箪笥は、母親が誕生した時に、母親の両親が、将来娘が嫁入りの時に持っていく箪笥を造るためにと植えた、その桐の木で作ってくれた特別な思いのある箪笥である。日頃父親に文句を言うような母親ではなかったが、「そこまでしなくても!」と、強く抵抗した。しかし父親は「集落のみんなに、箪笥の引出しの把手も供出するように言って、自分は出さないわけにはいかない。戦争が終われば新しいものを付けるから」ということで、強引に箪笥の金具は外され供出された。その時の母親の無言の涙と、父親の重苦しい声は今でも忘れることが出来ない。当時父親は43歳、大政翼賛会の末端の責任者をしていた。母親は41歳、私は12歳であった。

その箪笥は、今でも生家で使われているが、引出しの10か所の把手は、麻縄のままである。

（11） 村葬 復員 遺族年金

人が亡くなれば葬儀が行われる。亡くなった人の家族を中心に、亡くなった人の縁者、知人等が集まり、死者の霊を弔い、亡くなった人の家族や縁者に弔慰を表し、亡くなった人が所属していた宗教、宗派の定める儀式を行う、というのが一般的な葬儀である。

このように行われる一般的な葬儀のほかに、国のために特別な功績があったとされる人に対して国が主宰者となって行う国葬、都道府県のため特別な功績があったとされる人のために都道府県が主体となって営まれる都道府県葬、あるいは民間の会社などがその会社などに功績があったとしてその会社などが営む社葬、団体葬などがある。

このほかに、軍隊に召集され、兵役に服する途中で戦死、戦病死された人を、その人の出身の市町村が主宰者となって実施する市町村葬があった。勿論、現在は日本国には軍隊は無く、交戦権もないので戦死ということも無い。従って、戦死、戦病死された人を弔うための市町村葬も無い。

しかし、１９４０（昭和15）年前後数年の頃は、私の住んでいた村でも年に数回、村葬が行われた。

村葬は、戦死者のご遺骨のお迎えから始まる。ご遺骨は、親族の代表者と村役場の職員が、長野市にある関係の役所に出向いて、白木の箱に収められたご遺骨の引き渡しを受け、汽車で、隣村（当時の）にある飯山線替佐駅に着く。替佐駅は、村葬が行われる小学校から1里強（約5㎞）のところにあるが、村長をはじめ在郷軍人会、警防団（1940年消防団は「警防団」に改組された）、婦人会その他各種団体の代表者等が、駅までお迎えに出る。小学校の生徒も高学年を中心に100人前後の者が駅までお迎えに出た。遺族の胸に抱かれたご遺骨は、「名誉の帰還○○君の英霊」とか「忠烈○○君の英霊」等と墨書された流し旗や、日の丸の小旗などを持った参列者と共に、村葬会場の小学校まで進んだ。（当時は一般の人が乗れるような乗用車はこの地方には無かった）。歩き始めて約1時間、小学校に到着。ご遺骨は、講堂に造られた祭壇に安置される。

村葬は、開会の辞、宮城遥拝、「君が代」斉唱、戦死者の経歴戦歴の紹介、村長や同級生代表の弔辞、小学校生徒代表の決意表明、「海ゆかば」の斉唱、遺族の謝辞と続き、1時間ほどで終わる。その後、ご遺骨は親族の胸に抱かれ、参列者に見送られて、生家に還る。生家の玄関にはその日以降「名誉の家」という表札がずっと掲げられた。

ご遺骨の箱の中には何が入っていたのか。聞くところによると、ほとんどの人は、お骨ではなく、爪の切端か頭髪であったという。中には「○○君の御霊」と書かれた紙が1枚入っていただけというものもあったそうである。

しかし、村葬が行われた頃はまだ良かった。1943年頃になると、村葬も行われなくなった。その理由は、戦死者の数が敵のスパイに知られるのは戦略上問題があるから、というように聞かされていた。でも、本当の理由は、戦況の悪化で、村葬を行う時間も物も、何よりも、心の余裕が無くなっていたことではないかと思われる。

1945(昭和20)年に入った頃には、出征兵士の動向についての公式な情報はほとんど無く、その生死さえも不明という状況が続いた。そして、敗戦である。

1945年8月の敗戦によって、内地に配置されていた兵士たちは、早い人は、8月下旬には軍隊の組織から離れて、それぞれ自分の家に帰ることができた(これは「復員」と言われた)。その後順次復員が進められ、内地に配置されていた兵士のほとんどは、1946年中には復員ができた。しかし、朝鮮、台湾(当時は朝鮮、台湾とも我が国の領土であり通常「外地」と言われていた)、中国(東北部は、当時「満州国」)、インドシナ半島(フランス領インドシナ＝仏印と言われていた)、オランダ領東インド(現在のインドネシアとほぼ同じ＝蘭印と言われていた)、マレーシア、ビルマ(現在のミャンマー)、フィリピン、更にはサイパン島、グアム島など太平洋上の島嶼に配置されていた兵士たちは、すぐには家にもどれなかった。日本軍敗戦の情報が正確に届かなかったとか、アメリカ軍による日本軍の武装解除に手間取ったとか、捕虜虐待などの戦争犯罪人(B、C級)の嫌疑をかけられ、その検証に時間がかかった等が、その原因であったようである。中には、日本軍の組織から離れて現地の女性と結婚し、帰国を断念した人もいたと言われていた。

軍隊に招集された自分の夫、子供、兄弟や恋人の帰還が無いばかりか、その生死さえ不明な状態が何年も続いていた人も少なくなかった。大切な人を待つ家族のその間の心痛は、想像を絶するものであった。なんの情報もなく、5年以上も過ぎてから、「実は亡くなっておられました」というようなことも少なくなかった。私の義兄（姉の夫）も敗戦後3年も経ってから、「実は1946年2月ソ連チタ州の病院で亡くなられました」という知らせが来た。従姉妹の旦那さんも、1945年5月に樺太愛郎岬沖合で戦死されたのが、正式な通知（公報）がきたのは、その時から4年も経ってからであった。

また、戦死の公報が届いて3年以上も過ぎた頃、なんの前触れも無く突然帰ってきたという人もいた。更には、戦死の公報も届き、葬儀も墓標の建立も済ませたのちに、突如帰還されたという話もあった。更には、夫が戦死されたという未亡人が、葬儀も墓標の建立も済ませた後、婚家の希望もあり、戦死された夫の兄弟とかの男性と結婚された後に、戦死されたはずの夫が、突然帰還されたというような話もあった。

最愛の夫、将来を固く誓った恋人、たった一人の息子、最高学府で学んでいた自慢の息子。かけがえのないこれらの人を奪われた人たちの悲しさ、辛さ。戦争は兵士の命を奪っただけではない。戦死者の周りの何倍もの人の幸せをも奪ってしまったのである。

更に、である、1945年7月ぐらいまでに戦死の公報が届いた遺族の人たちには、国から、遺族扶助料という年金が支給されていた。しかし、1945年8月以降は、村葬が行われないのは勿論、遺族扶助料も支給されなくなった。すでに支給が始まっていた遺族扶助料の支給も停止されたのである。このため、戦死者がサラリーマンであったとか、自営の人であった場合は、収入が全く途絶えてしまった。残された妻子や年老いた両親たちは、その日の生活を考えることで精一杯、戦死者の霊を弔う心の余裕はなかったのではないかと思う。縁者や知人の支援により、なんとか餓死だけは免れた、というような話も一つや二つではなかった。

元々軍人には1875（明治8）年に設けられた恩給制度があり、戦死、戦病死された軍人については、その遺族に扶助料（遺族年金）が支給されることになっていた。しかし1945年8月の太平洋戦争の敗戦後1946年1月GHQ（連合国軍最高司令部）の指示によってその制度は廃止された。そのため、それまで恩給や遺族扶助料を受給していた人たちの支給も停止された。とともに、敗戦によって復員してきた人たちの恩給はもちろん戦死、戦病死された兵士の遺族に対する扶助料の支給も無くなった。

なお、旧軍人に対する年金、戦死、戦病死された方々の遺族に対する扶助料については、1951（昭和26）年9月8日、サンフランシスコにおいて調印された、第2次世界大戦終結のため連合国側48か国と日本が締結した講和条約（この条約には連合国側のソ連、ポーランド、チェコスロバキアの3か国が参加していないので単独講和条約、またはサンフランシスコ条約ともいわれる）の発効（1952年4月28日）を機に「戦傷病者戦没者遺族等援護法」が制定された。1953年、太平洋戦争の敗戦から8年目にして、旧軍人に対する年金、戦死、戦病死された方々の遺族に対する扶助料（年金）が支給されることになったのである。

(12) 戦争とは

日本国憲法第9条（戦争の放棄）を変える必要はない。自衛のための戦争、国際協力のために必要な戦争まで放棄することはない、というような意見もある。しかし、戦争となれば、所詮は人間同士の殺し合いである。必要な戦争、あっても良い戦争などはない。1945年までは、悪いものを倒すための戦争、天皇陛下のお決めになった戦争は、聖戦であり、国民は、自分の命を捨ててでも、その戦争に協力しなければならないと言われていたし、教えられていた。しかしその考え方は、間違いであった。

「戦争」、その現実がいかに残酷で悲惨なものであるか、その戦争が何のために、誰のためにしなければならないのか等について、本当に理解されているのだろうかとの危惧の念さえ持っている。

1942年頃までは、私たち、地方（長野県北部）に住む国民は、戦争は、誰もいない海上か敵国の領土内で戦われるもの、正義（聖戦）に刃向う人間は殺されるのもやむを得ないと教えられていた。また、戦争で、人間と人間が殺し合うということについても、その現実を見ることは無く、それほど悲惨なものと感じていなかった。ただ、小さな村でも毎月のように、村出身の兵士の戦死が報じられるようになり、可愛がってもらった近所の兄さんであったり、小さな子供二人と奥さんのいる若い父親であったり、更にはお母さん自慢の一人息子であったりと、悲しい知らせが続くようになってきた。戦死した人を悼む気持ちよりも、むしろ残された親、兄弟、妻子の悲しむ姿など身近のことで、心を痛めた。それでも、1942年頃までは戦死者の遺骨の帰還は、鄭重に取り扱われた。小学校から5キロほどの距離にある鉄道の駅まで、村の幹部の人たちや、小学校高学年の生徒たちが出迎え、小学校の講堂において村葬として葬儀が執り行われた。しかし、1943年頃からは、戦死者のための村葬も行われなくなった。それればかりか、出征兵士の安否確認さえ出来ないという状況となった。一方、戦争の長期化に伴い、日常生活においても、食糧をはじめ生活必需品の窮乏も激しくなった。米、味噌その他食糧のほとんどは自由に買うことができない配給制となった。農家でさえ、米、麦等は「供出」と称する国による強制買い取りにより、毎日の食事にも事欠くような状況となった。

太平洋戦争も、開戦の翌1942（昭和17）年4月18日には、米軍爆撃機が日本本土にも来襲し、戦況も暗転が見え始めた。1943年2月、転進と発表された、ガダルカナル島からの撤兵。同年5月29日アリューシャン列島アッツ島の守備隊2500人の全員玉砕（玉砕とは忠義のために潔く死ぬこと）、1944年7月7日のサイパン島守備隊の全員玉砕、同年11月24日米軍Ｂ29爆撃機約80機による東京都内への爆撃等と続いた。この間、前線の戦闘だけでなく、１９４３年7月の女子の学徒動員の決定、9月の大学、専門学校の学生の徴兵猶予の停止、さらに朝鮮、台湾の住民に対する徴兵制の施行決定。翌１９４４年8月には、小学生を敵機による空襲等から守るための学童疎開も始まった。しかし、アメリカ軍の攻撃はますます激しくなり、１９４５年に入ると2月にアメリカ軍が硫黄島に上陸、約1ヶ月の戦闘の末、日本軍は全滅となった。さらに、3月10日のB29爆撃機による東京大空襲。東京下町は全面焼野原となり、10万人以上の市民が犠牲になった。何の罪もない10万人以上の市民が一晩のうちに殺されてしまったのである。これが戦争というものである。

しかし、戦闘はまだ収まらなかった。その年の4月にはアメリカ軍が沖縄本島に上陸。6月には、沖縄本島南部で守備隊が全滅。さらに、追討ちをかけられたのが、8月6日の広島、9日の長崎への原子爆弾の投下である。この二つの原爆によって、22万人以上の市民が一瞬にして命を奪われたのである。

この原子爆弾（当初は「新型爆弾」と言われていた）の投下によって、日本軍、日本政府の幹部も、これ以上の戦闘は、日本国、日本民族の滅亡をも招きかねないと、無条件降伏という道を選ばざるをえなかった。

この戦争での犠牲者は、日本側は軍人一般市民合わせて、３００万人以上と言われている。この戦争の対戦相手のアメリカ合衆国ほかの軍人はもとより、戦場となった中国大陸や東南アジア諸国の人々の犠牲者は、これをはるかに上回るのではないかと思う。

1945（昭和20）年8月に、太平洋戦争を含む第2次世界大戦が終わってから、78年が過ぎた。1945年8月、その時私は14歳、中学校2年生であった。私たちと同年齢の人、年齢が一つ上の人たちまでは、軍人、兵士として、戦闘に参加した人は、ほとんどいない。しかし、沖縄では、男子中学生はもちろん、高等女学校や師範学校の女子生徒まで、13歳から18歳くらいまでの多くの若者が、戦闘に参加させられ、無念の死を遂げている。実際にアメリカ軍との戦闘に参加したり、それによって負傷した兵士や男子生徒の救護などに従事しながら。これらの事実は、今でも「ひめゆり部隊」の活動状況等多くの資料やその戦跡を見聞することで窺い知ることができ、その時の若者たちの気持ちを感じ取ることもできる。アメリカ軍と日本軍との交戦の場となった沖縄は、本島南部をはじめいたるところに交戦の傷跡や慰霊のしるしが残されている。戦争は、まさしく人間と人間の殺し合いである。しかも、殺し合うどちらの人も、もともと相手を殺さなければならない理由、恨みも憤りも無いのである。ただ、相手を殺さなければ自分が殺されてしまうからというのが唯一の理由であろう。本当に悲しい現実である。でも、この悲しい現実の裏で利益を得ている人たちもいる。戦争で消耗する武器弾薬を始めとする物資を生産、販売をする、いわゆる軍需産業の出資者、経営者であり、軍隊の高級幹部たちなどである。

悔いても詮無いことではあるが、この大戦が、もう1年、いやもう半年早く終わっていたならば、と悔やまれる。仮に、半年前に戦闘が終わっていれば、少なくとも、1945年3月の東京大空襲、同年4月の沖縄本島へのアメリカ軍の上陸、そして、8月6日の広島、同月9日の長崎への原子爆弾の投下も避けられたはずである。

また、戦争は、多数の兵士、軍関係者の死傷者に止まらない、むしろ、巻き添えにされる一般市民の被害の方が甚大である。直接この戦争の戦場となり、少年少女を含む県民全部が、死闘の巻き添えにされた沖縄県をはじめ、機銃掃射、爆弾、焼夷弾等によって多くの人が死傷した東京等の都市、軍事基地とその周辺地域の膨大な被害も忘れてはならない。


現在、日本には、戦力を持つ組織（軍隊）は無いことになっている。日本の防衛は、アメリカ合衆国との間で締結されている「日米安全保障条約」によって、日本国内にアメリカ軍の軍事基地を置くことを認めることを条件に、日本を攻撃する外国の軍隊を排除してくれることになっている。しかし、アメリカ軍が日本を守るために、他の国と戦争を始めれば、その国は、日本にあるアメリカ軍の軍事基地やその関連施設を攻撃するでしょう。そして、アメリカ軍に協力する日本の自衛隊等もその攻撃目標とされるでしょう。

もしも、日本に戦力を持つ組織（軍隊）が無く、アメリカ合衆国との安全保障条約も無いとしたらどうなるでしょうか。どこかの国が理由も無く、日本に侵入して来るだろうか。他の国が、日本に無法侵入し、殺人、暴行、略奪などをするだろうか。また、そのような事態が起きた時に、国際社会は傍観するだけで済ませるだろうか。これに関連して、次のようなことを思い出した。

1945（昭和20）年8月、太平洋戦争敗戦の時、東京に住んでいた、私たちの遠縁

（又従姉妹？）の二十歳くらいの女性が、二人の友達を連れて、私の親戚の家を訪ねてきた。そして、しばらくこの家に置いて欲しいということであった。その理由は、「9月に入れば、東京にも大勢のアメリカ軍の兵士が入って来る。その時若い日本人男子は、アメリカ軍の指揮の下、去勢され、強制労働をさせられる。若い女性は、都内何箇所かに集められ、アメリカ軍の兵士に奉仕させられることになる。との噂が広がっている。若い女性が東京に居ることは非常に危険である」ということであった。しかし、その後1ヶ月ほどたっても噂のような強制、暴行、略奪等はほとんどないことがはっきりした。そして、その3人の女性も東京に戻った。

日本に自衛の戦力がないことを理由に、日本国土に無法に侵入してくる国があるだろうか。日本がアメリカ合衆国と安全保障条約を結んで世界最強の戦力の傘の下におれば、世界のどの国も、反撃を恐れて、日本に侵入、攻撃をしてこない。それで日本は安全であるという考え方がある。攻撃抑止力である。しかし、この抑止力が本当に抑止力として働くためには、常に仮想される敵対国よりも強い戦力を保持しなければならない。そしてその強い戦力保持のために、アメリカ合衆国や日本の一般市民は、大きな負担を強いられることになる。このような軍拡競争はごく一部の人たち、ごく一部の企業を潤すことがあっても、一般市民にとっては、まさに有害無益なものである。その軍拡競争の中止のための外交努力こそ急務ではないかと思う。特に第2次世界大戦において大きな過ちを犯した日本国こそ、その先頭に立って努力をするべきであると思う。

（13）中学校（旧制）・高等学校（新制）の6年間

①　中学校受験

１９４４（昭和19）年４月、私は長野県立飯山中学校に入学した。永田国民学校初等科6年修了者男子31人のうち飯山中学校に入学したのは遠山健治君、傳田喜作君と私の３人であった。ほかに同じ中等学校である、中野農商学校へ村田宗之君が入学した。その頃小学校6年修了で中等学校（小学校6年修了で入学して5年、高等科卒業で入学して３年履修の学校で、中学校、高等女学校、商業学校、工業学校、農業学校等）に進学する者は、農村部では1割もいなかった（主として経済的な理由で）。永田国民学校の例でも、私たちの1年上の学年では初等科6年修了者36人のうち飯山中学校に入学した人は一人、その上の学年でも30人中一人という状況であった。

私は、小学校6年生の秋ごろ、父親に、「飯山中学校へ行きたいけど、駄目だよね」とそっと聞いてみた。返事は予想どおり、「それは無理だ、高等科を卒業した時には中野農商には行かせてやるから」という返事であった。そうだろうな、と私も素直に納得した。その頃私の家では、7歳年上の姉は、東京の従兄弟の家で、女中（育児、家事手伝い）として働いていた。長男は、小学校高等科を卒業して、家で本格的に農業に従事、冬季間は静岡県のみかん農家で働いていた。次兄は小学校高等科を卒業して中野農商学校の1年生であった。更に私の下には小学校5年生の妹と、2年生の妹、3歳の弟がいた。その頃小作農家であった私の家の収入は、米の売上代金（当時、米は食糧統制制度によって、政府が政府の決めた単価で強制的に買い上げることになっていた）、養蚕による、繭の売上代金（通常は春蚕、夏蚕、秋蚕の3回）、かずの皮、と呼んでいた（楮の木を蒸かして樹皮を剥ぎ乾燥したもの、和紙の原料となる）ものの売り上げ代金（これは極く小額で、年末年始の必要品の購入にも足りない程度の額であった）に、姉や長兄からの仕送りなどであった。耕作面積等農家としての経営規模は人口3．000人程度の村の中では大きな方ではあったが、大半が小作地であったので収入ということでは中ぐらいであったと思う。ただ、子供が7人もいて、家計の面では楽ではなかった。私もその辺のところは何となく分かっていたので、中学校進学の話は、それで終わっていた。立派な軍人になる道は、中学校へ行くことだけではない。国民学校高等科を卒業してからでも少年飛行兵、少年水兵などいくつかの道があると思って、それ程こだわってはいなかった。

その後、1943年の年末頃だったと思うが、父親から、「今日、店の家で、店の父さん（岡村音治さんのこと。父親の又従兄弟で、父親たちの仲人でもあり、父親がいろんな相談をしていた人。その頃は、村会議員もしておられたし、集落で唯一の岡村商店の経営もしておられた。私たちも「店の父さん」と呼んでいた）と木内先生から、今度（実際は1943年）、大日本育英会というものが設立され、中等学校へ行きたいが経済的な理由で行けない子供に、奨学資金を貸してくれる制度ができた。借りられるかどうかはわからないが、一応申し込みだけでもしてみたらどうかとの話があった。申し込みをしてみるか?」と言われた。その時は、進学熱も冷めてはいたが、とりあえず奨学資金貸与の申し込みはしてもらうことにした。その後1ヶ月ほど経って、貸与が認められたとの連絡があり、それによって、飯山中学校への入学願書の提出を行うことになった。

1940(昭和15)年からは、長野県下の(おそらく他の道府県も同様であったと思うが)公立中等学校の入学試験では筆記試験が無くなり、小学校から提出される内申書と口頭試問、それに身体検査と運動能力測定によって合否が決定されることになっていた。筆記試験が無いと言っても、口頭試問でどんな問題が出るかわからないということで、そのための勉強はした。担任の木内先生も、放課後の時間を利用して、熱心に進学希望者のために口頭試問の練習をしてくださった。特に修身、国語、国史、地理等の科目に重点をおいて、行ってくださったように記憶している。

入学試験の日がいつであったかは記憶にないが、多分3月上旬であったと思う。飯山中学校の校庭や校舎の周りには、まだ多くの雪が残っていたし、飯山鉄道替佐駅から飯山駅までの鉄道沿線も一面雪景色であった。入学試験は特別なことも無く済んだが、一緒に受験した他校の生徒たちを見ると、みんな服装も立派で、利口そうな生徒に見える。俺は大丈夫かなとも思ったが、それは考えても仕方のないことと決め、一緒に行った同級生とともに帰宅した。合格の発表は3月中頃であったと思うが、学校で授業のあと、担任の木内先生から、「合格したよ、良かったね」と言われて、本当に合格したのだと、嬉しさがこみ上げてきた。翌日の信濃毎日新聞にも、全合格者名が掲載され、そこに私の名前も載っていた。後で知ったことであるが、その年の飯山中学校の入学志願者は195名、合格者は110名であったそうだ。

② 入学式

入学式の日は、確かな記憶ではないが4月6日だったような気がする。小学校では、入学式は、毎年4月1日と決まっていたので、6日というのは遅いなと思った記憶はある。

私は、同じ小学校の同級生と3人で、飯山鉄道（この年の4月時点では、飯山鉄道株式会社の経営する私鉄であったが、同年6月から、「改正陸運統制令」によって国に買収されて国鉄飯山線となった）替佐駅から汽車に乗り、約30分で飯山駅へ。そこから15分ほど歩いて飯山中学校へ行った。替佐駅でも、汽車に乗っても、同じような服装の子供が何人も見えた。女の子供たちは、恐らく、同じ飯山町にある県立飯山高等女学校に入学する子供たちであったと思う。男の子供たちは、同じ飯山中学校に入学する子供たちであろうと思って見ていた。男の子も、女の子もみんな、容姿端麗とまではいかなくとも、垢抜けのした子供たちに見えた。女学校や中学校に行くような子供は、みんな裕福な家の子供なのだろうなと思ったりもした。

中学校に着いて校門（現在の飯山高等学校正門とは位置が異なる）を入る。校舎の周りもグランドにも、まだ多くの雪が残っていた。入学試験の時も来ていたし、その年の豪雪の状況も知ってはいた。しかし、4月になっても、こんなに雪があるとは思わなかったので驚いた。

校門を入るとすぐ右側奥に奉安殿があり、正面が木造二階建の教室棟で、その中央に玄関がある。その玄関を真っすぐに行った一番奥に講堂があった。その講堂と教室棟の間に、教室棟と平行して特別教室棟と当直室や小使室等が入る平屋建ての建物があった。教室棟の、向かって左側には生徒昇降口があった。昇降口の右側が教室棟の入り口であり、逆に左へ折れて進むと、左側に石畳の敷かれた生徒控室がある。生徒控室の反対側には柔道場、その先は剣道場であった。生徒控室と柔道場の間をさらに進むと右側に大小の便所があった。更にその廊下を左に折れるとクラブ活動などに使われていた、幾つかの小さな部屋があった。その廊下を更に進むと生徒の寄宿舎「成器寮」になる。この、成器寮は飯山中学校開校の時（1903（明治36）年長野県立長野中学校飯山分校として開校、1906年長野県立飯山中学校として独立）から設けられているものであり、無くてはならない施設であった。飯山町（市）から千曲川（信濃川）に沿って新潟県津南町、さらに十日町に至る地域は国内有数の豪雪地帯であり、交通手段の整備も進んでいなかった。これらの地域からも生徒が来ていたので、これは必須の施設であった。因みに、現在のJR飯山線の豊野飯山間が開通したのは、1921（大正10）年10月であり、西大滝駅まで開通したのが1923年、森宮野原駅までが1925年、十日町駅まで開通したのは1929（昭和

4）年9月であった。
入学式は講堂で行われた。講堂は立派なものであった。正面の額、演壇に置かれた国旗、校旗などにも、なにか威厳のようなものを感じ、流石、中学校は違うなと思った。しかし、式がどのように進行したかはほとんど記憶にない。先生方や、周りの新入生の顔つき、その着ているものなどを見ると、「どうも、ここは俺の来るところでは無かったのではないか」と、劣等感のような気持ちに襲われたような記憶はある。

③ 中学校1年生

入学式が終わってそれぞれ教室に案内された。新入生は110人、1組、2組の二組で、各組の生徒数は55名ずつであった。私は2組であった。担任の先生は、国語、漢文の松村宗賢先生でなかったかと思う（あるいは剣道の藤澤進先生であったかも）。

教室に入り、先生の指示に従って着席した。最初に指名着席したのが、小林幸雄君、一番最後が私であった。担任の先生からは、小林君が級長、私が副級長であると説明された。「困ったな、なんで俺が」と思ったが、そこで異議を唱えることも出来ず、困った、困ったと思いながら指示に従うほかはなかった。1組では、級長が木内忠雄君、副級長が宮崎市郎君ということであった。後で聞いた話だと、小林君、木内君は、飯山小学校の6年1組、2組のそれぞれ級長であったそうだ。また、宮崎君は、秋津小学校で級長をしていたということであった。私は小学校時代、級長などはしたことが無かった。私の小学校時代は、品性も学力も優秀な伝田宜民君という同級生がいたので、彼が常に級長であった。

宮崎君は、飯山中学校の先輩でもある、東洋史の研究で有名な、京都大学名誉教授宮崎市定博士の甥に当たる人である。信州大学教育学部卒業後小中学校の教師となり、その学識と温厚、誠実な人柄で、飯山小学校の校長のほか、多くの県下教育界での要職を歴任している。木内君は、旧制中学校5年で卒業、市（町）内で家業に就き、市内の公的団体や企業の代表者などを務め、地域の発展のため尽くされたと聞いている。また、小林君は、日本大学工学部建築学科を卒業、前田建設工業株式会社に入社した。その後、私が伊丹市役所に勤務していた時、市役所新庁舎の建築を前田建設が請け負うこととなった。その工事着工の挨拶のために、前田建設の幹部の方が挨拶に見えた。その中に小林君もいたのである。彼と会うのは20年ぶり位だったろうか。小林君であることはすぐに分かったが、なんで彼が来たのかは、一瞬分からなかった。名刺をもらうと、「前田建設工業株式会社大阪支店　建築課長」とあった。20年以上も交流が無かったので、奇遇と言っても良い出会いであった。彼も私が、伊丹市役所に居ることは全く知らなかったようだ。話が横道に逸れてしまったが、もとに戻して。

入学して、4月、5月は、連日授業であった。一番緊張した期間でもあった。授業は、ほとんど教室で行われた。と言っても体操とか教練は、体操場（剣道場）か校庭であった。教科は、公民、国語、漢文、英語、東洋史、代数、幾何、物理、化学、生物、美術、剣道、柔道、それに教練と多彩であった。授業は、平日は6時限、土曜日は4時限。国語、英語、代数などはほぼ毎日、教練も週2日か3日はあったような気がする。しかし、6月に入ると学校での授業は、ほぼ半減。月のうち半分は、郡下の農家等での勤労奉仕であった。

④ 服装

今では、中学校に入学するときは、ほとんどの生徒は洋服、帽子、靴、カバン等を新調してもらう。しかし、私が中学校に入学したときは、そのほとんどのものは、小学校時代のものか、兄たちのお下がりであった。私の家がお金持ちでなかったという理由ではなく、その頃は洋服や履物等は、何時でも、何処でも買えるというものではなかった。当時は、食料品はもちろん衣類等の日常必需品もすべて配給制、衣料キップ制というような制限があり、たとえお金があっても買えなかったのである。私も、黒色の洋服、帽子、ズック靴、肩掛けのカバンと、中古、不揃いではあったが、なんとか間に合っていた。すべて新品という生徒は、ほんの数人であった。また、当時は登校のときはもちろん勤労奉仕の時も、常時、下肢にゲートル（脚絆）を巻くことになっていた。このゲートルは上手に巻かないと、途中で崩れてしまい、苦労することも少なくなかった。ズック靴は何回か学校でも配給はあったが、希望者が多く、ほとんど抽選に外れてしまった。父親が配給で買った地下足袋で通ったこともあった。もちろん、これは、私だけではなく、地下足袋で通学、あるいは勤労奉仕に向かう生徒は何人もいた。しかし、１９４５年8月太平洋戦争の敗戦後は、ゲートルを巻くことは勿論、服装の制限はすべて無くなったので本当に解放感というようなものを感じた。と言っても、生活物資の不足は益々進み、洋服、履物等が自由に買えるようになったのは、それから数年後であった。ただ、ゲートルの着用と履物の制限が無くなったので藁草履やゴム草履、下駄での通学が出来るようになった。

⑤ ことばの違い

今はラジオもテレビもあるので、地方の町村においても、日常会話で使う言葉にそれほど気を遣うことは無くなっていると思う。私たちが小学生の頃は、細かな発音、言い回しは、家庭ごとにも微妙に違うものがあった。特に母親が、同じ村内か近隣の町村ではなく、少し遠くからお嫁に来た人の場合などは、子供の言葉にも微妙な違いがあった。小学校に入ると、その家庭語というようなものが自然に消えてその村、その小学校の共通語のようなものに変わっていく。しかし、この小学校の共通語と言うようなものも、小学校が変わると、また微妙に変わるのである。小学校の頃は、なんのためらいもなく使っていた、「おらうちじゃ（俺たちの家では）」、「わあら（あなた方）」とか、「おめっちゃ（お前様方）」とかは、何回か聞き直されたり、笑われたりしたことがあった。時には「在郷の人の言うことは、良く分からないので困るんだよな」などと言われたりもした。早く、町場（その頃の飯山町、中野町等）の人に追いつかなければと思ったこともあった。

⑥ お説教と校歌、応援歌の練習

入学式の数日後、生徒控室の黒板に、「1年生全員居残れ」と大書してある。何があるのかは分からないが、示された時刻に、1年生全員が生徒控室に整列した。そこへ50人ほどの5年生がやってきて、「只今から、本校生徒として守るべき心得、礼節などについて述べる。心してこれを守り、本校生徒としてその名を辱めない学校生活を送るように」というような挨拶の後、毎日の服装、街中で同校の教員、生徒と会った場合の敬礼の仕方等について、丁寧に説明があった。続いて、何人かの5年生から「1年生の中にも態度の良くない者がいるぞ」とか「学帽をかぶらずに街中を歩いている者がいるぞ」とか「1年生にも、なんとなく図太い態度の生徒がいるぞ」など多くの指摘や注意があった。指導をして頂いているというよりは、叱られているというような雰囲気の中で1時間以上も、立ったまま大きな声で指導をされた。後で同級生や知り合いの上級生から聞くと、それが「お説教」というもので、文句も反論もできない。黙って聞いているしかない。なまじ反論などをすると、暴力を振るわれることもある、ということであった。家へ帰って、このことを次兄に話したところ、「どこの中学校にもあることだよ」と驚いた様子もなかった。それから何年か経って、「少年期」という映画を見たが、そこでも、暴力を伴う指導とか、「いじめ」というような場面が何回かあった。私たちの中学校時代は、むしろ、それが当たり前であったようである。そう言えば、その頃は日本の軍隊でも、教育、指導に暴力が伴うことは、やむを得ない、あるいは必要であるとされていた。平手で顔を叩く、拳骨で頭を殴る、あるいは木の棒でお尻を叩くというようなことは、ごく当たり前に行われていたようである。

入学式から1週間ほど経った頃から何日かは、ほぼ毎日、放課後は校歌と応援歌の練習であった。これもピアノ等楽器でとか、楽譜を見るとかで習うのでなく、5年生からの口移しである。特に校歌は、今でも優れた校歌であると思っているが、多くの校歌のように、同じ旋律で1番から3番、4番と繰り返し歌うのではなく、普通の校歌の3〜4番ほどの長さの詩に、すべて異なる旋律が付けられているのである。連続で1週間ほど、やっと校歌の練習から解放された。続いて応援歌の練習も行われた。応援歌の方は、1番から3番まで、同じ旋律を繰り返すものであり、これは3日程でみんな歌えるようになった。

⑦ 軍事教練（教練）

私たちが中学校に入学した頃は、中学校から大学（いずれも旧制）までの、生徒、学生には、教科として軍事教練が課されていた。これは、中等教育以上の教育を受ける者は、軍事上、国防上必要な基礎的な知識、技能を身につけておく必要があるということで、1925（大正14）年から全国一斉に実施されている教科である、その教科の教育指導は、学校の教員ではなく、各学校に配属されてくる陸軍の現役将校（配属将校と言われていた）が担当していた。私たちが入学した時の配属将校は、たしか原さんという現役の陸軍中尉であった。長身、頑丈な体躯でいかにも陸軍の将校であるという感じの軍人であった。

私たちは、1学年の6月頃からは、郡下の農家への勤労奉仕に多くの時間を取られ、教練の時間も多くはなかったが、原中尉とは何回か話をする機会もあったので特に親しみを感じていた。１９４５年、敗戦後の9月中ごろであったと思うが、離任される原中尉を飯山駅で見送った時は、涙を抑えられなかった。

また、私たちの中学校にも、50銚ほどの小銃が整備保管されていた。この小銃は、天皇陛下からお預かりしているものであるということで、その扱いも厳格であった。私たちも、入学後1ヶ月くらいたった頃、その小銃保管場所を見学したが、良く磨き、良く整備された50銚ほどの小銃が並んでいた。私たちは、見るだけで、手を触れてはいけないと言われていたので、小銃に触ることも、持つこともできなかったが、初めて見る小銃に戦闘の意思が更にかきたてられるような気持ちにさせられた。

この小銃を持って戦闘訓練を行える日がまちどおしいと強く感じたような記憶は未だにある。

⑧　育英資金

入学をして、5月の中旬頃だったと思うが、授業中に小使いさんが教室に入ってきて、小さなメモ書きを先生に渡した。それを一瞥した先生が、「次に呼ぶ者は、育英資金が出ているので、明日中に印鑑を持って事務室まで来るように。平野君、W君、M君、分かったね」とメモを読み上げたのである。一瞬、「育英資金ってなに?」とか「お金貰えるの？」「いくら位貰えるの？」などと囁く者もいた。なにもみんなの前で言わなくともいいじゃないか、という先生に対する不満と、恥ずかしさのようなものに強く襲われた。その頃は、〝稼ぐに追いつく貧乏なし〟とか〝貧乏人の子沢山〟などとも言われ、貧乏は恥ずかしいというのが普通であった。

　その時の奨学金の金額は１ヶ月最低５円から10円、15円、最高が20円の４段階であった。５円の人もいたが、20円の人は、私の他にも一人いた。当時の中学校の授業料は、月額４円50銭であった。また、通学用の汽車の定期券は、６ヶ月で６円ほどであったと記憶している。当時の20円は大金であった。私も、父親に、月20円ではなく、10円でもいいのではないかと何回か話したことはあった。しかし父親は、いつも「気にすることは無い」という返事であった。父親は、その後のインフレーションのことなども、頭の中にあったのかもしれない。この額は、敗戦後１９４８年４月から月額３００円（20円の15倍）に引き上げられ、更に１９４９年５月には４００円に引き上げられた。しかし、同じ頃中学校（新制高等学校？）の授業料も月額３００円になった。

　１９５０年、私が長野県の職員になった翌年だと思うが、日本育英会から奨学金返済の通知がきた。中学校時代４年間の借入金総額は９００円、高等学校時代２年間の借入金総額は８，３００円であった。日本育英会から示された返済計画では、中学校時代の９００円は年賦返済で、年36円、25年間で返済することになっていた。また、高等学校時代の８，３００円については年８３０円、10年間の年賦返済であった。しかし、インフレーション等に伴って、私の給与も毎年10パーセント以上もの上昇があったので、中学校時代のものは、1956年5月に、高等学校時代のものは1959年5月に全額繰り上げ完済をした。

⑨　学校工場

一年生（1944年）の秋頃からだったろうか。柔道場や剣道場の床を取り払う工事が行われたり、時々大きな荷物が学校に運び込まれたりするようになった。何のために、何が行われるのかは、先生方からも、誰からもなんの話も無かった。それでも、1週間か2週間の勤労奉仕のあい間に学校に帰ると、柔道場、剣道場、生徒控室等がどんどんと姿を変えてゆく。1945年の2月頃だったろうか、寄宿舎の建物の一部を土間にして、そこに大きな機械が据え付けられているのを見た。また、そこには、初めて見るプレスと言う機械が数台とジュラルミンと言う、白く輝く、金属も置かれていた。そこに居た人に聞くと、「ここは、もう直ぐ戦闘機の尾翼を造る、工場になるのだ」ということであった。中学校の生徒はもちろん、大半の先生方も知らない中で、学校の軍需工場化が進められていたのである。後に聞いた話では、1944年4月に政府が決めた「決戦非常措置要綱」に基づいて、文部省が定めた「学校工場化実施要綱」によって、飯山中学校の校舎も、航空機の部品を造る「王子航空機株式会社」の学校工場になったということである。旋盤とかプレスとかも一部据え付けられたが、製品の出荷までには至らず、敗戦となった。学校工場の指定、校舎の工場化、更にはその学校工場の撤収、校舎の復旧等は、学校が関与できないところで進められたのではないかと思う。

⑩ 2年生になって生徒急増、授業はすべて停止

１９４５年に入った頃から、戦災のため、東京などからの疎開の生徒が多く転入した。入学時１１０人だった同年生が、一時は１４０人にもなったという。しかし、その中には、転入学の手続きはしたが、１日も登校しなかったというような生徒もいたという話もあった。２学年に転入した生徒で、私と同じ駅から通学を始めた生徒も2ヶ月程で姿が見えなくなった。また、この年の4月からは、政府が決定した「戦時教育措置要綱」によって中学生の授業はすべて停止ということになった。そのため、転入生の顔と名前が判らない者が少なくなかった。大部分の転入生は、太平洋戦争の敗戦によって、１９４５年の年末頃から47年ころまでには転出した。疎開等での転入者のうち、その後新制高等学校に編入、卒業した者は、10人ほどではなかったかと思う。

また、１９４５年秋頃から、予科練（甲種海軍飛行予科練修生）、特幹（陸軍特別幹部候補生）等に入った先輩たちの復員、中学校への復学についても幾つかの問題があったようである。復学の時期、方法等について、復学を望む者と学校側との意見が合わず、復学を望む生徒たちの一部の者は予科練時代の飛行服を着、日本刀を持って、話し合いに臨んだというような話もあった。

⑪ 激変1945年8月15日、太平洋戦争の敗戦

１９４５（昭和20）年8月15日、大日本帝国（この日まで日本国はこのように呼称されていた）は、アメリカ合衆国を中心とする連合国側との戦争に敗れた（日本が連合国側に敗れた日については、8月15日は、連合国側が日本政府に対して降伏の条件等を示した、「ポツダム宣言」に対し日本国政府が、これを受諾する旨を連合国側に通知した日であり、本当の敗戦の日は、同年9月2日アメリカ海軍の戦艦ミズリー号の艦上において、日本の全権大使、重光葵外務大臣が降伏文書に署名した日であるという説がある）。

その日8月15日、私は長野県立飯山中学校（5年制の旧制中学校）の2年生であった。しかし、その年は、日本政府の閣議決定「戦時教育措置要綱」によって、聖戦遂行のため全国の中学校では、1年生から5年生までの授業は、すべて停止することになっていた。このため、中学生は全員校内での授業はなく、勤労奉仕ということで、校外で労働者として働いていた。私の中学校でも3年生以上は、工場あるいは土木建設工事等の現場、1、2年生は、郡下の農家に出向いて農業の手伝いをするということになっていた。ただ、当日私たち数名は、陸軍幼年学校受験希望者として勤労奉仕を免除され特別授業を受けていた。当日正午、ラジオで重大放送（いつからかこの放送は「玉音放送」と呼ばれるようになった）があるということで、当日特別な事情で校内に居た教職員と合わせて20人くらいの者が玄関に集められ、直立不動でこの放送を聴くことになった。何事かと、かたずをのんでその時、正午を待った。「一億玉砕を覚悟で全国民それぞれの部署で奮闘せよ」との、

天皇陛下自らのご命令があるのではないか、とのささやきをもらす人もいたが、ほとんどの人は押し黙ったままであった。

いよいよ正午、重大放送ということで、耳をそばだてていたが、ピーピーとか、ガーガーとかの雑音がひどく、その内容はほとんど、というよりは全く聞きとれなかった。ただ、放送が終わった瞬間、歴史担当の松平定房先生が「日本は負けたんじゃないぞ！」と大声で叫ばれた。ああ、やっぱり日本は負けたんじゃないんだと、なんとなく納得して教室へ戻った。

教室に戻ってからは、戦争は終わるのではないかとの話もあり、もしそのようなことになれば、幼年学校の募集人数も減るだろうから大変だというような話も出たりして、この放送の重大さは殆んど理解できずに下校することとなった。また、この日は長野市から斎藤陸軍少将（予備役の少将。将官というような位の人を身近に見る、又は直接お話を聴くというようなことは当時としては非常に珍しいことであった。また、あとで知ったことであるがこの人は、歌人斎藤史さんの父君である）という方が来校され、お話をされたが、重大放送のことについてはなにも触れられなかった。

１９４５年8月15日。この日を境に日本国は大転換を余儀なくされた。善悪、上下が逆転。物の極度な不足、なかんずく食糧の不足は人々の身体を蝕んだだけではなく、その心にも大きな傷跡を残すこととなった。

この日からの激変について、今も大きく心に残っているものに、天皇陛下は、神様というのは間違いだったのか。

教師、友人、親兄弟をも含め、誰の言うことを信じたらよいのか解らなくなった。

お金とは、お金の価値とは何なのか、などがある。

今まで生きる基盤としていたものが一瞬にして瓦解。これから、何を信じ、何を目標にして生きていくのか、が全くつかめない、お先真っ暗、頭真っ白というような日々が続いた。このような激変は、書物から、あるいは人の話からでは、理解はできても、体感は出来ない。

このような、激変、混迷の中、私は、教室での勉強よりは、混迷の社会の中に身を置く方が、世の中の出来事を理解する上で良いのではないかと思うようになった。

その年9月11日には、日本政府は、連合国軍最高司令部（GHQ）から、東条英機元内閣総理大臣はじめ39人を、戦争犯罪人の容疑で逮捕するよう命じられた。続いて10月10日には、GHQの指令による徳田球一、志賀義男など2，500人の政治犯の釈放、11月2日には日本社会党の結成、11月6日GHQから財閥解体の指令、11月9日日本自由党の結成、11月16日日本進歩党の結成、12月9日GHQが農地改革を指令、12月16日元内閣総理大臣近衛文麿が服毒自殺、12月17日衆議院議員選挙法改正（この改正で、初めて女性にも選挙権、被選挙権が認められた）、12月22日労働組合法公布等と矢継ぎ早に変革が進められた。

年が変わって1946年に入っても、天皇陛下の人間宣言（1月1日）、GHQから軍国主義者の公職追放の指令（1月4日）、奄美大島を含む琉球列島、小笠原諸島等における日本国の行政権の停止（1月29日）、GHQで日本国憲法の草案作成が始まる（2月3日）、金融緊急措置令公布（2月17日、インフレーションを抑えるために、預金封鎖、現行通貨の新通貨への一斉切り替えと現行通貨を無効にする等通貨の流通量を少なくするため等の措置）、物価統制令公布（3月3日）、新選挙法による初めての総選挙で39人の女性衆議院議員が誕生（4月10日）、極東国際軍事裁判所開廷（5月3日）、日本社会党を中心とした片山哲連立内閣成立（6月1日）、最高裁判所発足（8月4日）、改正刑法公布（10月26日、不敬罪、姦通罪等の廃止）、改正民法公布（12月22日、家制度の廃止）等と、急激な変化をラジオや新聞で知り、大日本帝国が崩れ落ちていくような感慨を覚えた。と共に、新しい日本を創るための小さな芽も顔を出し始めたような気配も感じられるようになった。

一方、極度の食糧不足、狂乱物価と言われた物価の上昇、これに追いつかない労働者の賃金という状況はとどまる気配が見えなかった。このため、賃金の上昇を要求の柱とする労働組合運動の高まり。特に国鉄労働組合総連合（後の国鉄労働組合＝国労）、全逓信従業員組合（後の全逓信労働組合＝全逓）、全日本教員組合協議会（後の日本教職員組合＝日教組）、全国官公職員労働組合協議会（後の全日本官公職労協議会＝全官公）などの組合活動が活発に進められた、また、民間企業の労働組合を主とする全日本産業別労働組合会議（産別会議）、日本労働組合総同盟（総同盟）などによる組合運動も大きく前進した。

このような労働組合運動の高まりのなか、吉田首相が、１９４７年元旦の挨拶のなかで、組合幹部を「不逞の輩（フテイノヤカラ）」と発言したことに絡み、産別会議、総同盟、全官公などが１９４７年1月15日に「全国労働組合共同闘争委員会」を立ち上げ、同月18日には、「2月1日にゼネラルストライキを決行する」と宣言した。

１９４７年2月1日決行予定のゼネスト。このようなゼネストが本当にできるのだろうか。電車、汽車が全てストップ、電話も通じない、電気も来るかどうか分からない。しかし、組合側の指導者はその前日まで決行を言い続けていたし、時の政府にはそれを抑える力は無いとみられていた。しかし、その時は、まだ、日本は連合国軍の占領下にあったのである。

果たして、１９４７年1月31日午後2時30分、連合国軍最高司令官D．マッカーサーの命令によって、この未曾有とも言えるゼネストは中止された。まだ占領下であった日本においては連合国軍最高司令官の命令は絶対のものであった。全官公共闘議長井伊弥四郎の「一歩後退、二歩前進」という叫びは、長く耳に残った。

このゼネスト中止を一つの山場として、日本における労働組合運動も変わり始めた。使用者側と厳しく対峙する左派系（日本共産党系）から日本社会党系、さらに労使協調型まで多様化が始まった。

⑫　先が見えない授業再開

１９４５年８月、戦争は終わったと言っても、中学校で元のように授業が行われるのかは、私たち生徒はもちろん、先生方もほとんど判らなかったと思う。10月頃には、ジープに乗ったアメリカ兵が学校に来たというような話もあった。一方食糧その他物資の不足はますます深刻になり、米、塩、味噌などの配給も滞るような状況であった。勉強よりもまず食糧ということで、校舎周辺の空き地はもちろん、グランドまでも掘り起こして、いも類や野菜の収穫に取り組んだ。また、これもその年の10月頃だと思うが、先生の引率で5㎞ほど歩いて里山に木の実などをとりに行ったことがあった。その時、突然先生が、「ここなら大丈夫だ、軍歌でもなんでも、思いっきり歌ってみよう」と言われた。私たちは、小学校高学年から中学校にかけては、歌と言えば軍歌。軍歌では英米等の敵国は、極悪非道の国であり、敵兵は鬼畜である。これを征伐する戦争は聖戦でありそのために命をかけて闘うことは、日本男児の本分であり、そのために命を捧げることは男児の本懐である、というような歌が多かった。そのため、敗戦後はそれを大声で歌うことは、まずいと言われていたので、その時の２時間ほどの軍歌等の大合唱は、なにか胸につかえていたものが、どこかへ吹っ飛んでいったような気持ちになった。

⑬　電話のはなし

電話とは、離れた場所の間で導線を使って音声を伝え合うものであった。しかし現在では、導線に代わって電波によって、音声を伝え合うものとなっている。その使用方法もほとんどが携帯電話となっている。電話は人々の生活に密着しており、いまでは電話なしの生活などは考えることもできない。

この電話が発明されたのは、今からおよそ180年前、1840年代から1850年代の頃と言われている。同時期に何人かの人が、導線で音声を伝え合うことに成功したと言われているが、発明者の特定は出来ていないようである。はっきりしているのは。その後、アレクサンダー・グラハム・ベル（1847年―1922年）という人が1876（明治9）年3月に、アメリカ合衆国から電気式電話機の特許を得ているということである。同じ1876年米国フィラデルフィアで開催された万国博覧会に、ベルの電話機が出品され、金賞を得ている。

日本においては、1878（明治11）年にこのベル式電話機が造られ、1890（明治23）年には、東京〜横浜でこの電話の供用が始まっている。さらに、1906（明治39）年には日米を結ぶ太平洋横断の海底ケーブルが敷設される等もあり、電話の普及は急速に進んだ。しかし今の携帯電話、SNS等の普及の早さと比べると、とても急速とは言えない。電話設置のための電信網が殆んど無かったこと、一般家庭等では電話の必要性がそれほど強くなかったこと等のためと考えられる。

私の生まれた村に初めて電話が入ったのは、1920年代後半であったと思われる。設置された所は村役場と警察の巡査駐在所（巡査駐在所の電話は警察電話で一般電話とは異なる）くらいであった。その後は村の郵便局や医院等にも設置されたが、一般の家で電話を設置するものはほとんど無かった。

私の家があった集落は、戸数約１００戸であったが、１９４５（昭和20）年の太平洋戦争の敗戦時には電話を設置している家は無かった。しかし、その集落でも、１９５０年頃からは、年に2～3戸ずつ設置されるようになった。１９６５年頃までは、電話の設置には電話加入権の取得、設置の工事費、設置後の通話料の外に、電話設置の条件として5万円から10万円の電話債券の購入が課せられていたので、一般の家庭では電話の設置は容易ではなかった。それでも、経済の発展、商工業活動の活発化等によって電話の必要性、利便性は高まり、電話の設置は申し込んでも、何ヶ月か待たされるというような状況が続いた。そのため、電話加入権（中古の）の売買とか、電話債券買い取りなどという商取引がかなり活発に行われた時期もあった。

電話が一般の家庭にも設置され始めた頃の話で、今ではすっかり忘れられてしまったが、「電話の呼び出し」というものがあった。ある家に電話が設置されると、その家の近くに住んでいる人がその設置された電話を、緊急の場合等に使わせてもらう、というものである。その頃の名刺、名簿等にはその人の名前の脇に電話番号を書き、その下に（呼）とか（呼び出し）と書いてある人が何人もいた。電話を設置した家に行って電話を使わせてもらうことは、それほど問題ではなかったのであるが、他所から電話がかかってきた場合は、その度に、（呼び出し）を表示している人の所まで知らせに行かなければならない。それも月に1～2回程度ならまだしも、毎日のように呼び出しに走らなければならないような状況になると、穏やかには済まない。中には、100メートル以上も離れている人が、了解を得ないで呼び出し番号を関係者に知らせていたということで、トラブルになったと言うような話もあった。

私が初めて電話に触れたのは1946（昭和21）年であった。当時通っていた長野県立飯山中学校3年生の頃である。その頃私は国鉄飯山線で替佐駅から飯山駅までを通学に利用していた。その頃の飯山線は燃料不足等のため、1日5往復程度しか運転されていなかった。（最悪の時は1日1往復ということが何日も続いた）。この、国鉄飯山線は12月下旬から2月下旬までの間は、雪の影響でダイヤが乱れることが少なくなかった。列車の運行間隔は、正常運転でも2時間から3時間であり、飯山発豊野ゆきの最終列車は飯山発午後5時30分頃ではなかったかと思う。この最終列車の冬季間利用者は、ほとんど飯山中学校と飯山高等女学校の生徒であり、両校生徒合わせて30人ほどであったと思う。それに豊野方面から飯山に通勤している10人ほどのサラリーマンと数人の一般乗客と言うような状況であった。このような列車の運行状況であったが、冬季、特に雪の日は、時刻表通りの運行はほとんど無く、数十分から2時間程度の遅れも少なくなかった。時刻表通りに駅に行っても列車が大幅に遅れると、火の気のない待合室で待つのが厳しいので、飯山駅に列車の遅れの状況を問い合わせ、発車予定時刻に合わせて学校を出るということにしていた。

この飯山駅への、列車の遅れ状況の問い合わせは、中学校の事務室にある電話機を使って汽車通学生の誰かが行い、その情報を他の生徒に知らせるということになっていた。

当時の電話機は、通信の機械装置は、縦長の木製の箱に入れられて、壁に据え付けられており、送信口（送声口）はその箱に固定されていた。受話器は直軽2㎝、長さ20㎝ほどの棒状のもので、コードで機械装置の入った箱と繋がっていた。電話を使わない時は、その受話器は、機械装置の入った箱に付いている受話器懸けに懸けてある。電話をかけるときは、機械装置の入っている箱に付いている発信のベルを手動で鳴らし、その受話器を持ち上げると自動的に郵便局（その頃電話は郵便局が扱っていた）の交換台に繋がる。希望の通信先を、飯山駅なら「飯山駅にお願いします」と言うと、空いていれば直ぐに、混んでいる時は多少待たされるが、順番に繋いでくれるのである。

私も「今日はお前が飯山駅に電話をして、発車予定時刻を聞いてこい」と言われたが、その時私は、電話を架けた経験が無かった。電話を架けたことのある友達と一緒に行き、その友達に教えてもらいながら、発信ベルを鳴らし、受話器を手に持った時は、足が震えるぐらい緊張した。顔の見えない人と話をするということは、この時初めて経験したのである。その後2回3回と経験を重ねるうちに、電話をするのが楽しいと思うようになった。その3～4年後、県の地方事務所に勤務した最初の3ヶ月くらいは、電話を受けることが怖かった。その頃の電話機は新しい形式のもので、その扱いは直ぐに慣れたが、電話で聞く相手方の言い分と、それにどう返答したらよいのか、という知識と経験がほとんど無かったので、受話器を取るのをためらったのである。

も一つ、これは、今ではとても考えられない事であるが、1955（昭和30）年、私が長野県庁に勤務していた頃は、東京の中央官庁や他の都道府県庁等に電話をかける時は、「市外通話申込書」という伝票に必要事項を記入し、上司の承認印を貰って、それを庁内の電話交換室に提出し、通話開始を待つということになっていた。当時、長野市から東京都内の場合だと回線が比較的すいているときは、30分程度で繋がるが、混んでいる場合は2～3時間待ちということも珍しいことではなかった。市外電話の申し込みをしたまま、昼食に出てしまったとか、申し込みを失念して退庁してしまったなどで、その申し込みが無駄になってしまったというような話も何回か聞いたことがあった。

⑭ 墨塗りの教科書と教科書の製本

1945年8月の敗戦後、10月頃からか、徐々にではあるが授業も再開されてきた。しかし、その時に持っていた教科書には、一部不穏当な記述があるということで、そこは先生の指示によって墨で塗り潰すことになった。また、その年のうちか、翌1946年に入ってからか、新しい教科書ということで、新聞紙大ほどの紙が一人に何枚かずつ配られた。各自、それを折りたたみ、裁断、編綴して教科書を作るように、ということであった。上手に教科書らしく作った者もいたが、なかには、ページが上手く繋がらないなど苦労をした者も何人かいた。

⑮ 社会科学研究会

太平洋戦争敗戦の翌年、1946年4月私たちは中学校3年生になった。この年は1月1日に天皇陛下自ら、「私は神ではない」という宣言をされた。「天皇の人間宣言」と言われるお言葉である。私たちは、小学生の頃から、「天皇陛下は、人間の姿をしておられるが、本当は神様である。現人神(アラヒトガミ)である」と教えられてきた。「神様であるのなら、病気をされたり、お亡くなりになることはないのではないか」などと疑問に思ったこともあり、それを先生に聞いたこともあった。その時の先生の話では「天皇陛下は神様であらせられる。天皇陛下のことを軽々しく話題にすることは誠に恐れ多いことで、そのような話はなるべく慎むように」と言うことであった。この人間宣言により、やはり、天皇陛下は神様ではなかったのだということが分かって、喉につかえていた大きな物が取り除かれたような快感を覚えた。

そして、敗戦によって「日本国は天皇のものではない、天皇が統治されるのでもない」ということになった。1946(昭和21)年11月3日には、それまでの「大日本帝国憲法」に代わって、「日本国憲法」が公布(施行は、6ヶ月後の1947年5月3日)された。新しい憲法では「天皇は日本国の象徴である」、「天皇は国政に関する機能を有しない」と明記された。加えて敗戦後続々と誕生した、社会主義、共産主義を提唱する政党、団体等も次々と生まれ、その活動も活発に行われるようになった。またフランス革命、ロシア革命、さらには、「ソビエト社会主義共和国連邦」の現状やその将来像、米ソ関係の行方、日米関係のあり方、なども活発に議論されるようになってきた。

このような状況の中で、私たちの中学校でも、学校の教科とは別に、国民が、貧富の差がなく、安心して生活が出来る、国家とか社会を作っていくこと、そのために今何をするのが一番大事なのか等を勉強しようではないかということで、「社会科学研究会」と称する勉強会が創られた。確か、私が中学校3年生、新しい憲法が公布された1946年の秋頃ではなかったかと思う。私たちより1学年先輩の人たちが中心で20人ほどの勉強会であった。週1回ほどの勉強会であったが、時には中学校の先生も参加された。次々と話題となる、哲学とは、弁証法とは、唯物史観とは、労働者、搾取、利潤、マルクス主義、資本論などなど。理解できたかどうかは別に、みんな新鮮な響きで楽しい、面白い勉強会であると思っていた。しかし、1年先輩の人たちが、上級学校受験準備等を理由に、出席することが少なくなり、1年もたたずに、自然解散ということになった。

ちょうどその頃、日本青年共産同盟（1923年4月に、非合法で結成された団体。現在の日本民主青年同盟の前身。その後の弾圧で自然消滅し、1946年2月に再建された）が活動を始めており、入会も勧められていたので、同級生など数人と、それに入って、もう少し勉強や実践活動もしようと、その地区組織に入会した。十数人ほどの組織であった。勉強会が主であったが、時には労働組合活動の手伝いにも参加したり、歌声運動などの実践活動も行った。勉強会では、ナウカ社という出版社の小刷のテキストがよく使われた記憶はあるが、そのテキストの名称などはほとんど覚えていない。また、勉強会では理論と実践の折り合い、共同戦線の必要性とその構築、暴力革命の是非など討論が白熱した記憶はある。また、「教条主義」とか「左翼小児病」などの言葉が飛び交うこともあった。

⑯ 授業料値上げ反対運動

1948(昭和23)年4月、私たちは、旧制の中学校5年生になるはずであったが、学制が変わって、新たにできた新制の高等学校の2年生に編入ということになった。ただしこの時点では、新制高校2年終了時に、旧制の中学校で卒業することもできた。同級生10名のうち5名が旧制の中学校卒業ということで巣立っていった。また、この年の6月には、新制の大学についても、その構想が明らかになり、翌1949年4月から発足することが決まった。

一方、激しいインフレの進行により、生活費はもちろん学業関連の費用も値上がりが続いていた。長野県でも県立高等学校の授業料を月額4円50銭から300円に値上げをする案が示された。これについては高校のPTAの一部からも値上げ幅などについて幾つかの意見が示された。私たちも、生徒の立場から、この値上げに反対の意思表示をするべきではないか、ということになり周りの生徒にもこの話をした。ほとんどの生徒は、当然ながら値上げ反対ということであった。またこのような反対意見の表明は、一つの高校だけでなく県下の他の高校にも呼びかけ、大きな力で行うべきだということになった。長野市、中野、須坂、松代、屋代、篠ノ井などの町にある県立高校の生徒にも、親戚の高校生や、小学校時代の同級生などを通じてこの反対運動への参加の呼びかけを行った。また、他の高校を訪ねて、この値上げ反対運動を連合して実行しようとの呼びかけ、話し合いも行った。大半の高校も、この時すでに反対運動を始めており、この運動は県下の高校生が一緒になって行動するべきであるという意見も強かった。そしてとりあえず北信地方の高校生だけでも県庁へ行って値上げの時期やその内容などを確認するとともに、値上げ反対の意思表示を行うべきであるということで意見がまとまり、県議会も開催中の9月4日、県庁と県議会を訪ねて、値上げの内容、時期などを尋ね、値上げは行わないでほしいと陳情をした。このことが翌日の信濃毎日新聞に小さく報道された。この記事を見た同級生から、お前、大勢の高校生を連れて県庁へ行ったのかというような話はあった。また、二人の先生からは、あまり目立つようなことはしない方が良いと思うよ、というような話もあった。

⑰ 高校最終学年

１９４９（昭和24）年、私たちは高校3年生になった。この頃は、社会情勢も１９４５年の頃からみればだいぶ落ち着いてきていた。しかし、生活物資の不足、特に食糧事情は厳しさが続いていた。政治情勢も新憲法が施行されたとは言え、日本はまだ連合国軍の占領下にあった。その占領政策も、米ソ関係の絡みもあって１９４８年頃から大きく変わってきたように見えた。１９４７年2月1日の連合国軍総司令部のゼネスト中止命令は、まだ社会の混乱を避けるとの見方からやむを得ないという意見もあった、しかし、その後１

948年12月の岸信介、児玉誉士夫らA級戦犯19人の釈放、1949年5月の行政機関職員定員法の公布による行政整理、同年7月の国鉄の人員整理、日教組の役員など一部の教員への退職勧奨などが続いた。

私たちの高校でも、共産党員であるなどの理由で、退職勧奨を受けた先生がいた。私たちの尊敬する先生であった。この話を知った私たちは、その先生の、退職勧奨の撤回を求める運動を始めた。私たち3年生は、大学受験や就職活動の準備もあり、行動の中心は2年生であった。この活動について、学校の規則に反するということで生徒4人が停学処分になった。私たち3年生も数人が、担任の先生に呼ばれて、「今、この件に関して、問題を大きくすると卒業が危うくなる恐れもある。慎重に行動をして欲しい。あなた方の動きによっては、私自身も苦しい立場になる」というような話もあった。その後、この停学処分は解除されたが、卒業に近い時期での事件であったので、卒業後においても気になった事件であった。

1950（昭和25）年3月、慌ただしい雰囲気の中で私たちの卒業式は行われた。3月何日であったかは記憶にないが、恐らく20日過ぎであったのではないかと思う。卒業式には出席したと思うが、式の進行などはほとんど記憶にない。卒業生全体でのお別れ会とか、謝恩会などの催しを行った記憶もない。数人の仲良しグループごとに、静かに学校を去っていったというようなことではなかったかと思う。

⑱　中学・高校同級生の卒業後の進路

１９４４（昭和19年）年3月、私は国民学校初等科を修了、県立飯山中学校に入学した。その時には、中学校で学んだ後の進路については、軍人になるための学校に進むこと以外は、頭になかった。立派な軍人になって、お国のために働きたいと、頑なに考えていた。それが１９４５年8月太平洋戦争の敗戦である。世の中の価値観は１８０度の転換であり、学校で学ぶことの意味、その必要性までもが分からなくなった。勿論これは、私だけではなく、当時の中学生の大半は同じような状態であった。その状態からいかに早く、いかに自分の進むべき道を探し当てたかがその人のその後の人生に大きな影響を与えたと思う。

１９４５年当時の学校制度では、中学校から直接大学に進むという道は無かった。大学に進学するためには先ず高等学校（旧制）か大学予科、または専門学校（旧制）を卒業しなければならなかった。高等学校と大学予科は、中学校4年修了で受験できたが、専門学校は中学校を卒業しないと受験できなかった。当時の高等学校と大学予科は、大学に進む人のための学校であり、大学に進むための過程であった。従って当時は高等学校を卒業すれば、大学（例えば東京帝国大学でなければ、京都帝国大学でなければとか）や専攻（法学部でなければ、医学部でなければとか）に固執しなければ、ほとんどの人は大学に入れた。当時の高等学校は、ほとんどが官立（国立）であり、官立以外では公立で、東京都立高等学校、大阪府立浪速高等学校、富山県立高等学校（のちに官立に移管）、私立高等学校では、武蔵高等学校、成蹊高等学校、成城高等学校、甲南高等学校、学習院高等科の5

校しかなかった。また官立高等学校は修業年限が3年（1922年開校の官立東京高等学校は尋常科4年、高等科3年の7年制）であったが公、私立の高等学校は、尋常小学校卒業で受験ができ、尋常科4年（旧制中学校の4年間に相当）高等科3年（旧制高等学校の3年間に相当）の7年制であった。官立の高等学校ではナンバースクールとも言われた第一高等学校（東京）、第二高等学校（仙台）、第三高等学校（京都）、第4高等学校（金沢）、第5高等学校（熊本）、第6高等学校（岡山）、第7高等学校（鹿児島）、第8高等学校（名古屋）までの8校。その後1919（大正9）年以降に開設された都市名を冠した高等学校（ネームスクールと呼ばれたこともある）に、新潟、松本、山口、松山、水戸、山形、佐賀、弘前、松江、大阪、浦和、福岡、東京、静岡、高知、姫路、広島、旅順（旧満州国、後に廃校）、富山（県立から移管）の19校が開設された。

高等学校卒業生が進む大学は、東京、京都、東北、大阪、名古屋、九州、京城、台北の各帝国大学か東京工業大学、東京商科大学、東京、広島の各文理科大学、新潟、岡山、千葉、金沢、長崎、の各医科大学であった。早稲田大学等私立の大学に進む者もいたがごく稀であった。また、北海道、京城の各帝国大学は、中学校4年修了者を受験資格とする大学予科を設置していたので、高等学校卒業者の入学はごく少数であったようである。私の中学校同級生でも、丸山巌君という人は、中学校4年修了で松本高等学校に進学したし、私が職場の関係等で知り合った人のなかにも、中学校4年修了で高等学校又は官立の大学予科に進学したという人が何人もいた。

私が入学した県立飯山中学校は、その地域では、いわゆる進学校という部類であったと思う。農業、商業等の家業を引き継がなければならない等の理由で、入学当初から上級学校への進学を考えていない者も3割くらいいたので、進学率というようなもので表わすことはできないが。1944（昭和19）年4月の入学時は110人（入学定員100人）であったが、太平洋戦争中の東京等からの疎開者で一時は140人位にもなった。しかし、卒業した人は中学校5年での卒業者数人と新制高等学校で卒業した人と合わせて110人ほどであった。このうち6割位の人が大学に進学した。東京大学2人、一橋大学1人、東京工業大学2人、東京藝術大学1人、北海道大学1人、信州大学21人、このほか千葉大学等の国立大学5人。私立大学でも早稲田3人、慶応義塾2人のほか明治、中央、日本、東京医科、武蔵野音楽等の私立大学へも30人近くの人が進学した。大学に進学しなかった者のうち約30人は卒業後すぐに家業についた。残りの約20人は高等学校卒業後直ちに就職した。就職した人のうちほぼ半数が公務員、約半数が民間の会社等であった。私もこの10人程の官公署への就職組の一人であった。

(14)　高校卒業　地方公務員（長野県職員）となる

私は、高校3年の夏休み前頃、就職するか、大学受験をするかで、迷っていた。大学入試を目指すとしても、入試合格の自信もない。万一どこかの大学入試に合格したとしても、入学に要するお金の当ては、全くない。親の援助も、全く期待できない。とすれば、先ずは2～3年小学校の代用教員か、県の出先機関等で働きながら、受験勉強と共に、学費の一部でも蓄えられればなどとも考えていた。当時は、旧制中学校卒業後1～3年ほど仕事をしながら、自分で働いて得たお金で進学するということもそれほど珍しいことではなかった。

　私が旧制の中学校、新制の高等学校の頃の、大学等上級学校への進学の方法や考え方の変化について思い出してみる。先ず中学校1年生の頃は、太平洋戦争の真最中であり、将来は大日本帝国の軍人になるということしか考えていなかった。そのためには中学2年生までに陸軍幼年学校を受験する。それがだめなら、4年生から陸軍士官学校（陸士）又は海軍兵学校（海兵）を受験する。それが難しいようであれば、海軍飛行予科練習生（予科練）か陸軍特別幹部候補生（特幹）の採用試験を受験する、というように、軍人を目指すこと以外は頭に無かった。それが、中学校2年生の8月、まさか、の太平洋戦争の敗戦である。大日本帝国は存続できるのか、米国の属国、植民地になるのでは？　或いは米国、ソ連（ソビエト社会主義共和国連邦）等による分割統治ということもあるのでは（この年1945年9月には大日本帝国の領土であった朝鮮半島が北緯38度線を境に、北側はソ連が、南側は米国が占領することとなった）、更には、社会主義革命もあるかも知れないというような風評もあったりして、全く先が見えない思いであり状況であった。また、その頃の社会情勢はというと、先ず深刻な食糧不足。私の家は農家であったが、収穫した米穀は供出と称して国によって強制的に買い上げられるので、家ではまともなご飯は食べられなかった。また、生活物資の極度の不足と物価の急上昇（物の不足による悪性インフレーション）軍、軍需産業等の関係者による物資の隠匿とそれの摘発、労働組合運動の高まり等騒然とした状況の中、自分の将来を考えるような余裕は無かった。

一方、１９４５（昭和20）年８月の敗戦を境に、学制についても、大きな変革があった。私たちが中学校２年生になった時、１９４５年３月には戦時体制強化等の一環として、中学校の卒業年限５年が１年間短縮の繰り上げ卒業と言うことで、４年修了でも中学校を卒業できるということになった。私たちはその後、中学校３年、４年と進み、中学校４年を修了して、本来ならば中学校５年生になるところが、１９４８年、学制改革による新制高等学校の発足によって新制高等学校２年生に移行することとなった。結局都合６年間同じ学校で学び、新制の高等学校第２回の卒業生ということになったのである。私の場合は、大学等への進学のことを考えるようになったのは、高等学校３年生になった頃からである。私たちの頃も中学校４年修了時には、旧制の高等学校、大学予科の受験資格があった。私の同級生も数人高等学校の受験をしたようで、そのうち１人は旧制の松本高等学校に合格、入学している。私は中学校４年修了で旧制の高等学校、大学予科の受験資格があることさえ良く知らなかったくらいであった。さらに、高等学校２年修了時には、旧制中学校５年での正規の中学校卒業が出来た。同級生のうち、５人が旧制中学校最後の正規の卒業生ということで巣立っていった。私たちより1学年上の上級生は、旧制中学校4年修了で旧制高等学校、大学予科の受験が可能であり、5年修了時には旧制中学校卒業ということで、旧制の専門学校の受験も可能であった。このため1年先輩の上級生約１００人のうち20人程の人が、旧制中学校5年卒業で松本高等学校や長野工業専門学校、上田繊維専門学校、長野師範学校等の専門学校に合格、入学していた。ただし、この時に入学した専門学校は、翌１９４８（昭和24）年には新制の信州大学の工学部、繊維学部、教育学部等になったので、中学校での同学年生は、中学校卒業で旧制の専門学校に入学した人と、翌年に新制の高等学校を卒業して、新制大学の工学部、教育学部等に合格、入学した人は、そこでまた同学年、一緒となったのである。

私の場合は、上級学校の受験と言えば中学校1、2年の頃は軍関係の学校のこと以外全く考えていなかった。中学校3、4年生の頃も大学受験について考えることはほとんどなかった。その頃は、中学校の先生からも、進学指導というようなこともほとんどなかった。そのため、兄弟とか身近に大学等に行っている人がいた人は、それらの人たちから知識や情報を得て、大学受験の対策を考えていたようである。また、東京等から疎開で転校してきた人は、ほとんど、大学受験を真剣に考えていたようであった。

私は、中学校4年生頃までは、大学受験についてほとんど興味を持っていなかった。予備校とか浪人とかという言葉さえも理解していなかった。たまに、友達が買った旺文社発行の大学受験雑誌「蛍雪時代」などを見せてもらって、大学受験の状況を垣間見るという程度であった。将来やりたいこと、将来の職業と大学との関係、大学ではどういうことを学ぶのか、学ぶべきなのか、等々についてはそれほど深く考えてもいなかった。

１９４７（昭和22）年の学制改革（旧「大学令」の廃止と「学校教育法」の制定）によって、もともとの大学（旧「大学令」等による大学、当時それを「旧制大学」と呼んでいた）に加え、新しい「学校教育法」に基づく大学（いわゆる新制大学）が各地に誕生した。この新制大学（現在の大学）とは、それまでの旧「学校令」で定める高等学校や専門学校がほぼ一斉に大学となったものである。当時各都道府県にあった国立の師範学校と、同じ都道府県内にあった高等学校や幾つかの国立の専門学校が一緒になってそのほとんどが総合大学となったのである。当時私が住んでいた長野県では、国立（官立）の松本高等学校、松本医学専門学校（松本医科大学）長野工業専門学校、上田繊維専門学校、長野師範学校、松本女子師範学校に、当時県立であった伊那農林専門学校が一つになって信州大学となり、それぞれ文理学部、医学部、工学部、繊維学部、教育学部、農学部となったのである。このように、学部が何カ所かに分散していたので、蛸足大学などと呼ばれたり、鉄道の駅で駅弁を売っているところには殆んど大学（学部）があるのだとの意味？で、駅弁大学などと呼ばれたりしたときもあった。東京都においても、第一高等学校と東京高等学校は、東京大学の教養学部となり、東京医学歯学専門学校は東京医科歯科大学と、東京高等師範学校（東京文理科大学）は東京教育大学と、東京女子高等師範学校はお茶の水女子大学と、東京繊維専門学校は、東京農工大学と、東京外国語専門学校は、東京外国語大学と、東京高等商船学校は東京商船大学、というように、旧制の高等学校、専門学校のほとんどは大学となった。また、東京第一師範学校（青山師範学校、女子師範学校）、東京第二師範学校（豊島師範学校）、東京第三師範学校、（大泉師範学校）、東京青年師範学校の4師範学校が統合して国立の東京学芸大学となった。そのほか、都立の高等学校（東京都立高等学校1校）も都立工業専門学校など五つの専門学校と統合して東京都立大学となった。また、私立の高等学校や専門学校もそのほとんどが大学となった。例えば成蹊高等学校は成蹊大学に、成城高等学校は成城大学に、東京医学専門学校は東京医科大学に、大倉専門学校は東京経済大学に、共立女子専門学校は共立女子大学等にと、数えきれないほどの大学が誕生した。また、大都市の大学では第2部（夜間部）を設けているところも少なからずあったので、家からの学資の援助がなくとも、その気と努力があれば、大学入学、卒業はそれ程難しいことではなかった。さらに、当時すでに幾つかの大学には通信教育部もできたので、それで大学卒業、あるいは大学院修了というところまで進んだ者も少なからずいた。私の中学校、高等学校の同級生の今清水功君は、通信教育で大学、大学院を修了している。また、長野県庁時代の知人のなかにも何人かの人が、通信教育で大学を卒業している。

私は、大学に行くのであれば、国立の旧制大学に、と勝手に決めていたが、高等学校3年時の学力ではとても無理だと分かっていた。2年か3年位は小学校の代用教員か公務員として、生活費や将来の学費を稼ぎながら、受験勉強も出来ればと考えていた。その頃は、国立大学を受験するには、文部省が全国一斉に行う「進学適性検査」を受験しなければならなかった。私も一応それだけは受けてみることにした。その進学適性検査というのは、今の統一学力試験とは全く異なり学校で習う教科の内容とは全く関係のないものであり、こんなもので何を試すのだろうか、と思うような試験であった。しかし、その進学適性検査を受けないと、国立大学を受験することはできなかった。また、国立大学の入学試験は、一期校と二期校の2グループに分けられ、同じグループの大学は、同一の日に入学試験が行われることになっていた。即ち、国立大学に入学を希望する者は、一期校のうちの1大学と、二期校のうちの1大学の二つの国立大学の受験が可能であった（三つ以上の受験はできなかった）。一期校と二期校の分け方は、大まかに言うと旧帝国大学等旧制の大学のほとんどは一期校で、それ以外の大学が二期校というような分け方であった。例えば一期校で東京大学、二期校で東京医科歯科大学とか、一期校で名古屋大学、二期校で信州大学というように、国立の2つの大学の受験が可能であった。

私が卒業した高等学校では、同年生のうち、6割くらいの者が大学等の上級学校に進学、4割くらいの者は卒業後すぐに家業を継ぐか、企業等に就職するという状況であった。その頃私たちの学校で高卒での就職先として最も人気のあったのは、八十二銀行とか中部電力とかの、県内の有名企業であった。次いで税務署、営林署、郵便局、県庁、市役所、町村役場等の公務員とかを志望する者が多かった。私は、利益に重点を置かざるをえない民間企業への就職はしないと自分なりに決めていた。損得よりは正邪で仕事の出来る公務員の方がまだ働き甲斐があるのではないかと思っていた。しかし、その後幾つかの事例に接し、この考え方は必ずしも正しいとは限らないと思うようにはなったが。

このような状況のなかで、自分の考え、将来の方向も定まらないまま、高校3年生の秋、長野県職員の初めての公開採用試験が行われたので、一応それを受験した。当時の新聞記事によれば400人の採用予定に対し4，800人の応募があったということであった。試験の出来も良かったとは思っていなかったし、期待もしていなかったが翌年の2月になって、一次試験に合格したので、二次試験に出頭せよとの通知がきた。しかしその日は丁度信州大学の入学試験と同じ日であった。大学の入学試験にそれほど自信も無かったし、もともと、2年か3年は働きながら学資を貯めてというような考えがあったので、県職員の採用2次試験に行くことにした。幸か不幸か県職員の採用試験には合格したが、そのためその年は大学の入学受験はなし。翌1946年3月にも大学入試を考えていたが、希望の大学には合格は無理と思われたので、願書を出すこともしなかった。このようなことで、私の大学受験は、2年連続の不戦敗で終わった。

県職員の採用試験は合格したが、実際の採用は、県職員の欠員等を考慮しながら順次採用を行うという通知であった。しかし高校を卒業して、4月になっても5月になっても、採用の通知が来ない。県職員の採用が無くとも、家で農業の手伝いをしながら、勉強というのも悪い話ではないとも思ったが、それでは学資はどのように貯めるのかということも考えるようになってきた。丁度その頃、名古屋に居られる、父の友人から、名古屋新聞

（中部日本新聞）で記者見習の職員を募集している。その気があれば入社の話をしてみても良いとの話があった。しかしそのような形で就職すると、自分の勝手で退職というのは難しいのではないか等とも考えて、県職員の採用の時期等について、県庁に出向いて確認してからその話を進めるかどうかを決めることにした。その年の10月、直接、県庁の人事課に行き、担当係の末席にいた職員に、春の採用試験で何人が合格して、何人が採用され、私の採用はいつ頃になるのか、と尋ねた。その職員が言うには、「最終合格者は、当初の予定を若干下回り、３００名ほどである。すでに３００名近くの人が採用されている。あなたの合格順位は１０８番であり、４月頃には採用されてもいいはずであった。こういうことは、ただ黙って待っていても駄目だ。県としては、進学したか、別なところに就職されたと思っていた。あなたが希望するのであればいつでも採用できる。その手続きを進めてよいか」との話であった。

「合格通知には、県職員の欠員状況等を見ながら順次採用されるので、それまで待機されたいと言われているが」と言ったが、それ以上言い争ってもまずいと思い、「よろしくお願いします」と言って県庁を後にした。公務員の世界でも、正邪がきちんと行われているとは限らないのか、との思いが頭をかすめた。正式に県の職員に採用されてから、周囲の話等を聞くと、公開の採用試験の他にも、定数外職員とか、臨時職員とかの名目で、特別の試験で採用された人もいるということであった。

直接県庁人事課を訪ねてから1週間ほど後、長野県に採用されることとなった。10月23

日に、長野県長水地方事務所に出頭するように、との通知がきた。

10月23日。朝6時半ごろ家を出て国鉄飯山線替佐駅から飯山線の列車に乗り、豊野駅で国鉄信越本線に乗り換えて長野駅。そこから約10分歩いて、8時少し過ぎに長水地方事務所に着いた。その時の服装は、高校に通っていた頃の学生服、靴は確か次兄が海軍から復員してきたときに貰ってきた、履きつくした海軍兵士用のものであった。当時としてはこの服装でも、特におかしいとか、みすぼらしいというものではなかった。

8時30分、長水地方事務所所長室で、所長から、「雇を命ずる　3級特に3，466円を給する　長水地方事務所勤務を命ずる　昭和25年10月23日　長野県」という辞令と「税務課勤務を命ずる　昭和25年10月23日　長水地方事務所」という辞令をもらった。私のサラリーマン、公務員としてのスタートであった。その日家に帰って、両親等に今日の状況を報告したところ、みんな大変喜んで、真面目に勤めなければいけないと諭された。その時、この就職は、2、3年の腰掛けのつもりだ、とは思っていたが、言い出せなかった。

(15)　履歴書（身分の話）

国、地方公共団体、一般の会社、その他の事務所や商店など、どこかに就職しようとするときは、先ず履歴書の提出を求められる。そのことは、現在でも、私が最初に就職した

1950（昭和25）年頃でも、あるいはそれ以前、明治、大正、昭和の10年代でも同じであったと思う。ただし、履歴書の様式は変わってきた。

私が最初に書いた履歴書は、長野県に就職するためのものであった。その様式（用紙）は、印刷されていて、記入事項も決まっていた。先ず氏名、生年月日、本籍地、現住所、学歴（ほとんどは、最終学歴だが、なかには小学校から最後に修了、卒業した学校まですべてを記入するものもあった）、職歴、賞罰を記入し、最後に「上記の通り相違ありません」、年月日、署名、押印というようなものであった。しかし、1950年頃でも、1945年頃まで普通に使われていた、古い履歴書の用紙も一部では使われていた（その頃は、役所においても用紙類が不足しており、古い書式のものでも一部手書きで修正して使うということは、珍しいことではなかった。履歴書用紙も例外ではなかった）。その古い履歴書用紙には、上記の他に、身分を書く欄があった。後日、職務上100人以上の職員の履歴書を見る機会があったが、その時に見た履歴書のほとんどは古い様式であり、そこには身分を書く欄があった。半数以上の履歴書は、その欄にはなんの記入もなく空欄、記入してあるものもそのほとんどは「平民」と記入されていた。でも、確か3名の人は「士族」という記入であった。そのうちの一人は、太平洋戦争中に東京から疎開をしてきたという人で、年齢は私と同じくらいで、なかなか垢抜けのした気位の高そうな女性であった。なるほど「士族」とは、こういう人かと思った記憶がある。身分とは、その人が持つ社会的な地位とでも言おうか？「あの人とは身分が違う」、「〇〇の身分で生意気を言うな」「あの人のおじいさんは身分の高い人であったそうだ」というように、高い身分、それほどでない身分、低い身分といろいろあった。履歴書に身分を書かされた頃の身分（「階級」と言っても良い）は、もっとはっきりしており、社会的にも当然のこととして、認知されていた。ただし、現在では、就職等で履歴書の提出を受ける時は、その履歴書に、身分はもちろん、本籍地の記入も求めてはいけないこととなっている。更に、最近では性別の記載もやめるべきであるとも言われている。そもそも、人類が集団で生活をするようになると、力の強い者が他の大勢の人を支配（時には庇護）するというような形が生じる。その支配する者が支配の手立てとして組織を作り、その組織に信頼のできる人を配置する。その配置された人が忠誠を誓い、忠実にその役割を果たせるように、その人に見合う地位（身分）と報酬を与えるということとなる。支配者は、力が強く、自分に忠誠を尽くす者には高い身分を与える。逆に、支配者に異を唱えたり、反抗をするような者には、低い身分を付して一般社会から遠ざける、場合によっては制圧をする、というようなことも行われた。このような身分制度、階級制度というようなものは、世界の国、地域を問わず、存在したものであり、我が国の歴史においても同様である。日本全国、ほとんどの地域で、力の強い支配者がその近隣の支配者を併合或いは征服してより広い地域の民衆を支配するということになる。この代表例が現在の天皇家、皇室と言っても良いのではないか。天皇家内部での混乱、武士の台頭、武家政権の誕生等幾多の曲折、難関はあったが、身近な公家や信奉者に支えられて明治維新まで、あるいは今日に及んでいるということである。ここに至る間も、支配者、支配層は支配の組織をつくり、それに部下を配し、その部下に身分と報酬を与え、地域の住民からの徴税（田地に課せられる「租」、地域の産物を納めさせる「調」、地域の土木工事等のために労働力を提供させる「歳役」、「雑徭」、「庸」その他の方法で課税される）や治安の維持に当たらせていた。そして、この様な支配（統治）の基本構造、身分制度は存在し続けてきた。また、これとは異なるが、支配者が重視した身分制度に「士農工商」というものもある。最も必要とし大事にしたのは武士（士＝サムライ）であり、支配者の命令により、支配者に刃向かう者を武力腕力によって制圧することを任務とする者である。次に大事なのは、米をはじめ食糧を作る農民（農）である。いかに強い支配力があっても、食糧の生産なしでは支配の構成、維持も出来ない。農民には食糧の生産に専念させ、硬軟取り混ぜた施策でそれを支配してきた。道具器具を作り、構造物の構築等を行う職人や労務者（工）を次に位置づけ、その下に、食糧その他の物の移動、流通にたずさわる人たち（商）を据えるという構造である。しかし、農民はもちろん、職人や商人も、自身の土地や、作業場、店舗等を持つ者は少なく、力の強い、ごく一部の者の下で働く小作人や、人足として使われていたのである。また、この士農工商という身分の下に、主として野生動物や家畜のと殺など、一般に人が嫌う作業を行う人たちの集落をつくる等をして、身分制度の維持を図った。１８６８（明治元）年に始まる、いわゆる明治維新においては、人民はすべて天皇の赤子であり、四民平等であると唱えられたが、現実にはよりはっきりと身分制度は維持された。天皇及び天皇の一族は皇族、それまで公卿、大名であった者等は華族、武士であった者は士族、それ以外の者は平民とされた。この身分制度は1945（昭和25）年まで維持された。このため、公の文書の記名、署名等の時には氏名の上に、華族の場合は爵位を、士族、平民の場合は、それぞれ士族、平民と記されることとなっていた。皇族とはどのような者をいうかは、皇室典範（旧皇室典範）に定められていた。皇室典範第5条は「皇后、太皇太后、皇太后、親王、親王妃、内親王、王、王妃及び女王を皇族とする」と規定している。天皇家の一族ということである。華族とは、1869（明治2）年、版籍奉還をした大名と、古くから朝廷に仕えていた公卿とに与えられた族称である。その後1884（明治17）年華族令（勅令）が定められて、爵位（華族の位）を公爵、侯爵、伯爵、子爵、男爵の5階級とする、爵位は天皇が与える、爵位はその人の属する家に与えられるものであり世襲のものである、爵位は女性には与えられない等が定められた。このほか、華族には社会的、政治的、経済的な特権も与えられた。華族（爵位を持つ家）の戸数は1869（明治2）年の創設時は427家（旧公卿142家、旧大名285家）であった。その後明治維新の功労者、日清戦争、日露戦争の軍功者、官僚等の叙爵（その多くは男爵）があり、1945（昭和20）年には924家となっていた。士族とはその名の通り士、幕藩時代に武士であった人たちとその子孫である。明治政府によってこれらの者に認められた族称である。皇族、華族、士族以外の人民が平民ということになる。1945年3月時点では、皇族が14家、華族は924家であった。士族については、家の数、人口ともに明確な数値は知らない。しかし、1918（大正7）年の日本の総人口56，667，328人に対し士族の人口2，298，719人、その占める割合は4・6％という記録がある。その後の総人口の増加等から見れば1945年当時では、4％を少し下回る割合かと思われる。従って全人口の96％を超える人が平民ということになる。なお、皇族は1947（昭和22）年、伏見宮家ほか10宮家が臣籍降下となり、その時点で皇族は秩父宮、高松宮、三笠宮の3家となった。しかし、秩父宮と高松宮には子供が無く、両家とも断絶となったので、2024年4月時点での皇族は、三笠宮、常陸宮と秋篠宮の三つの宮家だけである。

(16)　謄写版と複写機

「この文書の写しを2枚作ってくれ」と上司に言われて、数枚の文書を渡されたとしたら？　今では、コピー機を使って1分もかからずに、「はい、出来ました」と届けることができる。しかし、今から60年ほど前までは、大変であった。

文書などの複写をする複写機（コピー機）が、会社や役所で使われるようになったのは、1960年代半ばくらいからではなかったかと思う。私が就職したのが1950年、それから15年近くの間は、文書などの写しを作るのは、人の手とペンで行うしかなかった。

特に大変だったと思うのは、市役所や町村役場で戸籍の写しを作成交付する戸籍係の職員であった。戸籍抄本はまだしも戸籍謄本となると、数枚に上ることも少なくなかったので、特に、時間と、労力を要した仕事であったと思う。それが、今では数分のうちにでき上がってしまうのである。コピー機の登場は、事務所、事務室の様相に大変革をもたらした。一方、コピー機がない頃はどうだったのか。十数人とか大勢の人あてに発送する会議の開催通知とか、会議の当日に配布する会議次第、会議資料など、10枚、20枚と同じ文面の文書を多数作るときには、謄写版（ガリ版）を使って作るのが普通であった。

謄写版とは、蝋引きの紙をヤスリ板の上に置き、そこに鉄筆で文字や図を書いて原紙を作る。鉄筆によって、蝋がはじかれたところはインクを通すので、その蝋引きの原紙を枠にはめ、インク（墨）をにじませたローラで押して印刷をする、というものである。鉄筆の力の入れ加減によっては文字などが明確に出ないとか、逆に、必要枚数の印刷が終わらないうちに、蝋引きの紙が破れてしまうとか、その作業も楽ではなかった。先輩の指導を受けながら、ガリ版印刷が一人前に出来るようになるには、1年近くもかかったような気がする。蝋引き紙に鉄筆で字を書く、その時に出るガリガリという音から、ガリ版印刷とも言われていた。また、この謄写版印刷は、一時期、同窓会やPTAの会報などにも広く使われていた。一時は、ガリ版印刷で会報やチラシなどを専門とする印刷屋もできていた。今では、パソコンで文書を作り、その文章の添削も簡単、印刷も簡単、その上、必要なところへの送達も、瞬時に出来る。60年前には想像もできなかったことが、目の前で進んでいる。

(17) ソロバンからタイガー計算機、電卓へ

私が地方公務員として、長野県に就職したのは、今から70年以上も前、1950（昭和25）年10月であった。最初の配属先は、長水地方事務所税務課であった。

この地方事務所税務課というのは、1945年8月の敗戦によって新しく日本国憲法が制定され（1947年5月3日施行）、新しい憲法の規定（第8章地方自治）に基づいて、地方自治（都道府県や市町村などの地方自治体が、自らの責任において領域内の行政を行うこと）が大幅に拡充され、この地方自治の拡充のために地方自治法の制定（1948年8月1日施行）、地方税法の制定（1950年7月31日施行）に関連して新しく設置された課であり、設置後2年もたっていない新しい課であった。私はその課の徴集係に配属された。具体的な仕事は係名のとおり滞納県税の徴収事務であった。主な仕事の一つは、滞納県税の納入手続きのために来庁される法人、個人に、滞納期間の延滞金を計算し、新しい納入書を作成し、それを来庁者に渡すというもの。もう一つは、管内（長野市及び上水内郡下の29町村）の県税滞納の法人、個人の事務所や自宅に出向いて、滞納税金とそれに係る延滞金を加えた金額を徴収してくる、というものであった。その頃、徴収係は、5人ほどであったと思うが、係長以外は私より2〜4年くらい年長の若い人たちばかりであっ

た。皆さんよく「俺たちゃ、集金人だからなー」などと自嘲気味に言っていた。仕事はまさしく集金人であったが、私が最初に困ったのは、延滞金の計算であった。延滞金の計算は、延滞税額×延滞期間×延滞税率であり、単純な掛け算である。しかしその頃、私は算盤での掛け算はうまくできなかった。私も小学校5～6年生の頃は2年間、算術の時間に算盤はかなり教えられたし、算盤での加減乗除はよくできたはずであった。しかし、その後、中学・高校の6年間は、算盤に触れることはなかった。算盤では、足し算、引き算はできても、掛け算、割り算は、自信が無かった。納税のためにみえた人の前で、筆算も出来ないし、そうかといって、金額の間違いも許されない。仕事の合間に、自席から離れて、こっそり筆算で確認をするなど、就職をして1週間ほどは、冷や汗のかきどうしであった。その間、家でも算盤での掛け算をにわか勉強、どうやら延滞金の計算も間違いなくできるようになった。

その税務課徴収係での仕事が、多少わかり始めてきたころの翌年4月1日、同じ地方事務所の、総務課会計係に配置換えになった。この係は、係長を含め4人であった。私の仕事は、所内各課から出てくる、工事代金、物品購入代金、会議費、旅費交通費などの支払請求書の点検、確認を行うことが一つ、そしてその確認金額が予算整理簿の予算現在額の範囲内であることを確認して、予算整理簿に記入することが主であった。他に毎月末には、予算整理簿から、その月の予算の執行状況を示す「月例表」を作成すること、支払いの済んだ関係書類の整理編綴なども、定例的な担当業務であった。これらの業務では、数値の加減は、頻繁に行うが、乗除の計算はほとんどないので私の算盤でも困ることはなかった。

１９５３（昭和28）年4月1日、私は、県庁の総務部統計課に転勤となった。この課は名前の通り、各種統計の調査、集計、分析を行う課である。5年に一度の国勢調査をはじめ、世界農業センサス、工業調査、商業調査、毎月勤労統計調査、学校基本調査、家計調査など多くの調査の、集計、分析が日常の主な仕事である。前回調査との増減率、構成率その他いろいろな数値の算出には乗除の計算も少なくなかった。統計課の職員三十数名の中には算盤の熟達者も少なくなかったので、加減はもちろん、乗除についても、あまり不自由は感じていなかった。

しかしその頃、新しく計算機というものが導入された。「タイガー計算機」である。この計算機は、機械的な構成体であり、これに人が計算の数値、条件などをセットし、ハンドルで、回転、逆転を繰り返して、数値を算出するものである。答えの算出の速さ、正確さという面では、画期的とも言えるものであった。ただ演算の際に発するガーガー、ガリガリという雑音はかなり耳に応えた。このような機械的な手動計算機は、英国などでは20世紀初頭には製造、使用されていたということであるが、日本においては１９２３（大正12）年に、大阪の大本寅次郎という人によって制作され、昭和10年台には、一般にも使用されるようになったということである。その頃、その計算機の値段は、1台2万円から3万円（今では2千万円から3千万円くらいか）というような金額であり、誰でも買えるようなものではなかった。

私が初めてタイガー計算機を使ったのは、統計課にいた１９５３年の中頃からである。その頃、タイガー計算機の値段は、１台３万５千円と言われていた。その時私の給料手取り額は、１ヶ月約７千円であった。しかしこのタイガー計算機も、電卓（電子式卓上計算機）の登場と普及によって、１９７０年台後半には退場を余儀なくされた。

日本で電卓が製造販売されたのは、１９６４（昭和39）年、シャープ（当時の早川電機）が発売したｃｓ－10Ａという電卓で、値段は53万５千円であったそうだ。また重さも50キログラムもあり、ポケットに入るような現在の電卓から見ると、同じ電卓の仲間と言うのも憚られるようなものであった。しかしその後、１９６０年台後半には、ソニー、キャノン、カシオ、ビジコンなどの各社も電卓の製造販売に参入した。機能の進歩、改善と合わせて、価格の低下競争も激しく行われた。１９６４年には、シャープが９万９千８００円、続いてオムロンが４万円台の価格に、さらに１９７２年８月には、カシオが１万２千８００円、そして１９７５年には各社から５０００円を下回るような電卓も発売されるようになった。このような価格の低下により市場淘汰も進んで、現在はカシオ、シャープなど数社に集約されている。現在では、私たちが日常使っている普通電卓、実務電卓と言われている電卓は、千円程度での購入も可能となっている。

算盤は、私の家にもまだ２丁置いてある。しかし、今の子供たちは、算盤を使うことはほとんどないのではないかと思う。タイガー計算機は、もう博物館でしか見ることができないのではないだろうか。

(18) 度量衡の変革

度量衡とは、物の長さ、容積、重さとそれを測る単位、尺、升、貫やそれをはかる物指、マス、秤などを言う言葉である。私たちが小学校に入った頃は、長さは尺(一部メートル)、容積は升、重さは貫が普通に使われていた。例えば自分の身長は、5尺3寸(約160・6㎝)、とか5尺8寸(約175・7㎝)とか。米とかお酒は一升とか五合とか、重さは十五貫500匁とか、550匁と言うのが普通であった。これらの使い方は、1893年、明治26年1月1日に施行された度量衡法(1952年、昭和27年3月1日「計量法」の施行によって廃止された)に定められていた。この度量衡法では、上記のような計量単位のほかに、メートル法も公認された。更に、1909年には、ヤード・ポンド法も公認され、三つの計量単位が併存することになった。これが、1921(大正10)年、度量衡法の改正により、計量単位は「メートル法」一本に統一された。しかし、尺貫法もヤード・ポンド法も、当分の間使用できることになったので、メートル法の普及は、なかなか進まなかった。私たちも、学校での授業は、ほとんど、メートル法で行われるのであるが、家に帰れば会話、行動などはほとんど尺貫法の中で行われる。メートル法は理屈ではわかっていても感覚がついていかなかった。また瓶や箱などの容器や、家の間取りなども、ほとんどが尺貫法を基準に作られていた。距離（長さ）についても1里と言えばその長さを思い浮かべることができるが、1kmと言われてもピンとこない。1里の約4分の1と言われておよそ見当がつく、というようなことであった。

生活の中で毎日使う、物指、桝、秤などは、法律が変わったといっても、すぐに変えられるものではない。また、米などは、その計り方も変わった。私たちは80年以上も、米は桝で1升とか3合とかと量で計っていた。しかし、現在は5kgとか3kgなどと重さで計かるようになっている。私が1合は150gであることを知ったのは、80歳を過ぎてからである。

私たちと同年代の者は、度量衡の扱いでも、過渡期を過ごしたような気がする。今でも、1尺、1間、1坪、1合　1升、1貫から抜けられないでいる。

(19) 参政権の変遷

昨年、2023年4月には、北海道ほか5県の知事選挙、39道府県の道府県議会議員の選挙や多くの市区町村の長（市長、区長、町長や村長のこと。まとめて首長「シュチョウ」。市長との聞き間違いを防ぐ等のため、時には「クビチョウ」とも言われる）、多くの市区町村の議会議員の選挙が実施された。これは、憲法第93条第2項「地方公共団体の長、その議会の議員及び法律の定めるその他の吏員は、その地方公共団体の住民が、直接これを選挙する」という規定に基づいて実施されたものである。

国会議員、地方公共団体の長、地方公共団体の議会議員等を選ぶ選挙で、投票することのできる権利、すなわち「選挙権」及びこれらの選挙に、その候補者として立候補することのできる「被選挙権」は、憲法によって保障された国民の権利である。これらの権利は、最高裁判所裁判官の国民審査、憲法改正承認の可否を決する国民投票等と合わせて国民の参政権と言われている。この参政権は、人種、信条、男女の別、収入の多寡等によって差別されず、原則として成年者である国民すべてに認められている。また、この参政権というものは、現在では、人間が、人間として当然に持っている権利、即ち基本的人権の一つであると言われるようになっている（世界人権宣言等）。

しかし選挙権や被選挙権は、今から１００年前、１９２４年の頃は、現在のようにひろく認められてはいなかった。１８８９（明治22）年2月大日本帝国憲法（「旧憲法」、「明治憲法」とも言われる）が公布され、これに基づいて１８９０年7月に実施された第１回衆議院議員総選挙においては、選挙権を行使できる人は、25歳以上の男性で、直接国税15円（現在の貨幣価値では５００万円位？）以上の納税者のみに限られていた。被選挙権についても30歳以上の男性で直接国税15円以上の納税者に限られていたのである。この時、選挙権を持っていた人の数は全国で約45万人であり国民の約１・１パーセントでしかなかった。その後、直接国税の納税額は、１９０２年の総選挙の時に10円以上に、１９２０年の総選挙の時には３円以上に改められたが、それでも選挙権を持てた人は約３０７万人、国民の約５・５パーセントにすぎなかった。即ち男性で、お金持ちの人でないと、国の政治に参加することができなかったのである。国に税金を納めないような人には、国の政治に関与する資格を与える必要はない、というのが国の基本的な考え方であった。これが、１９２５（大正14）年選挙制度の改正が行われ、直接国税の納入に関係なく、原則として25歳以上の男性である国民が選挙権を持つこととなった（この選挙制度の改正が行われた同じ議会で「治安維持法」が可決制定された）。そして、この改正に従って総選挙が実施されたのが、１９２８（昭和３）年２月である。これが普通選挙（国税の納税額等を選挙権の要件とした「制限選挙」に対してこう言われた。略して「普選」とも言われている）である。しかしこの普通選挙においても、女性には参政権は認められなかった。女性も参政権を持つべきであると言う運動は、１９２０（大正９）年平塚雷鳥が市川房江らと「新婦人協会」を結成してその運動を進めた。しかし、この頃高まってきた農民、労働者の権利主張の運動や社会主義運動などを警戒する時の権力者（政府）の圧力や、１９２３（大正12）年９月の関東大震災、１９２６（大正15）年12月の大正天皇の崩御、昭和天皇の即位、１９２９年10月に始まった世界恐慌、１９３１年９月の満州事変、１９３６年２月の２・26事件、１９３７年７月の支那事変、１９４１年12月の太平洋戦争へと続く流れのなかで婦人参政権を含む国民の参政権の拡充は、1945年8月の太平洋戦争の敗戦後まで待たなければならなかった。1946(昭和21)年11月3日「日本国憲法」が公布され、翌1947年5月3日より施行された。この日本国憲法は、第14条第1項で「すべて国民は、法の下に平等であって、人種、信条、性別、社会的身分又は門地により、政治的、経済的または社会的関係において、差別されない」と規定し、第15条第3項では「公務員の選挙については、成年者による普通選挙を保障する」と規定し、男女平等、婦人参政権が完全に認められることとなったのである。実際に、女性に参政権が認められたのは、1945年8月、日本が、太平洋戦争に敗れ、アメリカのマッカーサー元帥を最高司令官とする連合国軍総司令部(GHQ)が、実質的に日本を支配していた1945年12月に制定された、新しい選挙制度ができた時からである。また、この時には、選挙権を行使できる国民の年齢も20歳以上に改められた。選挙区も府県の区域をそれぞれ1選挙区(東京都と北海道は2選挙区)とする大選挙区制に、投票方法も1票に3人の候補者を記載できる3名連記制というものに改められた。選挙区は、その後1947年4月に都道府県の区域を幾つかの選挙区に分け、その選挙区から複数の当選者を選ぶ「中選挙区制」に改められた。更に、1994年には公職選挙法が改められて、一つの選挙区ごとに一人の議員を選出する「小選挙区・比例代表並立制」に改められた。更に、2015(平成27)年6月17日の公職選挙法改正によって、選挙権は満18歳以上の国民に認められることになった。

女性にも参政権が認められた、新しい制度による最初の衆議院議員総選挙は１９４６（昭和21）年４月10日に実施された。その時私は15歳、旧制中学校３年生であった。勿論選挙権は無かったが、世の中が大きく変わっていく中で大変興味をもってこの選挙戦を見聞していた。１９４５年秋以降、次々に結成された日本社会党、日本自由党、日本進歩党、日本共産党等が多くの候補者を公認して選挙戦を繰り広げていたが、この時の選挙戦で今でも記憶に残っているのは、「立憲養成会」という政党が１枚の紙に３人の候補者の名前を併記したポスターを方々に張っていたこと、安藤はつさんという女性の候補者が長野県選挙区でトップ当選したこと、高倉輝という日本共産党の候補者が当選したことなどである。この１９４６年４月10日の総選挙で女性の当選者は全国で39人、女性の立候補者全員２５０人の15・６パーセント、全当選者（議員定数）４６６人の８・４パーセントであった。因みに２０２１年10月に行われた第49回総選挙での女性の当選者は45人。女性の立候補者１８６人の24・２パーセント、全立候補者１０５１人の17・７パーセントであった。女性の当選者は45人、全当選者（議員定数）４６５人の９・７パーセントと、１割にも達していない。

女性に選挙権、被選挙権が認められたことにより、都道府県知事や市町村長にも女性が選出されている。

女性で最初に知事に選出されたのは大阪府知事の太田房江さんで、２０００（平成12）

年2月である。つづいて同年4月には熊本県知事に潮谷義子さんが選出された。このお二人は、いずれも2期8年で退任されている。3人目は千葉県知事の堂本暁子さんで2001年4月から2009年4月まで2期、4人目は北海道知事の高橋はるみさんで2003年から2019年まで4期務められている。5人目は滋賀県知事の嘉田由紀子さんで2期8年を務められている。6人目は山形県知事の吉村美栄子さんで、現在4期目、現職である。7人目は東京都知事の小池百合子さんで現在2期目、現職である。この間、2006年7月から1年半ほどの間は知事47人のうち5人が女性の知事であった。

全国で市の数は792市であるが、そのうち28人（2024年4月1日現在）（3・5%）が女性の市長である。また、東京都の23区の区長のうち6人（21・7%）が女性である。

女性が参政権を得て、最初に実施された1947（昭和22）年の統一地方選選挙で市町村の長に選任された方は、秋田県仙北郡中川村の沢田フクさん、茨城県真壁郡上野村の赤城ヒサさん、岐阜県本巣郡穂積村の松野友さんである。（いずれも当時）

また、昨年（2023年）4月に実施された統一地方選挙の結果、全国の市議会、区議会合わせて315の議会のうち千葉県白井市、兵庫県宝塚市および東京都杉並区の3議会では、女性議員が過半数を占めることになった。

(20) 地方自治と地方公共団体

1945(昭和20)年、太平洋戦争敗戦の頃までは、地方自治という考え方はほとんど無かった。勿論、都道府県とか市町村という組織、団体はあったが、それは地方自治を行うための組織というよりは、日本国を治める(統治する)ための体制、組織であった。当時の憲法「大日本帝国憲法」は、その第1条で、「大日本帝国ハ万世一系ノ天皇之ヲ統治ス」と示され、その第10条では、「天皇ハ行政各部ノ官制及文武官ノ俸給ヲ定メ及文武官ヲ任免ス但シ此ノ憲法又ハ他ノ法律ニ特例ヲ掲ゲタルモノハ各々其ノ条項ニ依ル」と示されている。都道府県や市町村はその官制、組織であった。

これに対し、1946年11月3日公布、翌年5月3日施行の「日本国憲法」では、地方自治のために1章を設け、第92条「地方自治の基本原則」、第93条「地方公共団体の機関、その直接選挙」、第94条「地方公共団体の機能」、第95条「特別法の住民投票」の4条にわたって、地方自治の本旨及びその方策を示している。

この憲法の規定に基づいて、1947年4月17日には「地方自治法」が公布、日本国憲法と同じ同年5月3日に施行された。続いて1948年には地方財政法が、1950年には地方公務員法、地方税法など、更に、それ以降も地方公営企業法などが公布、施行された。

このように、制度としての地方自治は整えられてきたが、それに関わる公務員（役人）、一般市民の意識は簡単には変わらなかった。国の役人が一番偉い、次には都道府県の役人、その下に市町村の役人というような意識は簡単には変わらなかった。国は、交付金、補助金、負担金など多くの資金を都道府県や市町村に配分している、或いは、法律、制度などの実施、改廃についても、都道府県や市町村は、国の関係部署と相談をし、時には、指導を受けることもある。このように、金銭の交付を受ける、法令の解釈、実施などについて指導を受けることなどがあって、立場の上下を不条理であると意識することは、ほとんどなかった。

私が県の職員になった１９５０（昭和25）年、今から70年以上も前の頃は、国、県、市町村の上下の意識は少なくなかった。都道府県や市町村は、国が、住民の自治意識を進めるために設けたものではなく、住民を支配するためにつくった組織、団体であるという、旧憲法時代の意識は簡単には変わらなかった。都道府県や市町村の職員が国の職員のために酒席を設けるというようなことは、それほど珍しいことではなかった。

しかし、このような、国と都道府県や市町村との関係についての認識は大きく改められてきている。現在では、そのような意識は薄く、国、県、市町村の関係を上下と捉える考え方は大きく変わってきた。特に、市町村の理事者や職員が、国や県の組織の、末端を担うという意識から、地域住民の声を聴き、住民の付託に応えることが本務であるという姿勢に大きく変わってきている。自分たちの市や町や村は、自分たちで良くしていこうという自治意識の変化向上が大きな力となっている。また、住民の自治意識の向上も大きな力になっていると思う。

日本国憲法や地方自治法等の施行によって、根本的に変わったのが、都道府県や市町村の長の公選制である。新憲法になるまでは、都道府県知事は国（当時の内務大臣）が、官吏（主として高等文官）の中から任命をしていたし、市町村長は、それぞれの市町村議会が選任し、それを知事等が承認するというような方法で就任していた。それが、知事も市町村長もその地域の住民が選挙によって直接選任することになったのである。また、１９４７（昭和22）年に実施された、第１回の統一地方選挙では、女性に選挙権、被選挙権が認められた最初の選挙でもあったが、この選挙で３人の女性村長が誕生した。

現在、我が国においては、地方公共団体として、都道府県や市町村がある。この都道府県と市町村は、普通地方公共団体とよばれており、大幅な自治権を有している。この他に、特別地方公共団体がある。このなかには、東京都の23区のほか、地方公共団体の組合（複数の地方公共団体がその団体の事務とされている学校や水道事業などを共同で処理するためにつくる組合）などがある。また、都道府県は広域的地方公共団体、市町村は基礎的地方公共団体とも言われている。

現在、都道府県の数は47である。東京都、北海道、京都府、大阪府の２府、それに青森県から沖縄県までの43県である。都道府県や市町村の改編の経緯を見ると、

1869(明治2)年 版籍奉還
1871(明治4)年 廃藩置県 この時点で3府、302県が設置された
府県に知事が置かれた
1889(明治22)年 市制、町村制制定
大日本帝国憲法の発布
1890(明治23)年 府県制、郡制制定
1899(明治32)年 府県制、郡制改正、府県を法人と明定
1921(大正10)年 郡制廃止
1943(昭和18)年 府県制、市制、町村制等改正
市長は、市議会の推薦で内務大臣が選任
町村長は町村議会で選挙、府県知事が認可
1947(昭和22)年 地方自治法制定
知事以下の都道府県職員の身分が官吏から地方公務員に変わる
1974(昭和49)年 東京都特別区長が公選制となる
2006(平成18)年 出納長、収入役制度の廃止
市町村の助役を副市町村長に変更
2014(平成26)年 中核市制度と特例市制度の統合
現在(2023年10月)の市町村数は、市792、町743、村189、合計1,72

4（北方領土6村を含む）である。

これに対し1888（明治21）年の時点では、市はなく、町、村合わせて71，314町村であった。町村の数は明治21年の頃に比べて、約40分の1以下に減少したのである。

明治21年4月17日公布、明治22年施行の「市制町村制」に基づいて大合併（明治の大合併と言われた）が行われた。その結果、新たに生まれた40市と12，519の町村、合わせて12，559市町村となった。それまでに比べ、およそ5分の1に減ったのである。

その後、大正から昭和にかけても人口の増加や都市化の進展によって1945年10月時点では、市の数は205市、町の数8，518町、村の数8，518村であった。

その後、1953（昭和28）年10月に施行された町村合併促進法によって1956（昭和31）年には市の数498市、町の数1，903町、村の数574村となり、ほぼ3年間に市の数は212市（約74％）の増、町の数は63町（約3％）減の1，903町と、村の数は6，042村（約79％）の減少となった。昭和の大合併と言われている。

その後、2004（平成16）年5月に施行された「市町村の合併の特例に関する法律」の施行によってさらに市町村の合併が行われた。この時期の合併は平成の大合併と言われている。それによって、2024（令和6）年4月1日現在の市町村数は、市が792市（うち政令指定都市20市）、町743町、村が189村、全市町村の合計は1，724市町村である。

政令指定都市の中で、最も人口の多いのは、横浜市で2024年4月1日現在の人口は、約3，775千人である。政令指定都市で最も人口の少ない市は、静岡市で2024年4月1日現在の人口約679千人である。政令指定都市以外の市で一番人口の多い市は、千葉県船橋市で2024年4月1日現在の人口は、約647千人である。また、市の中で最も人口の少ない市は、北海道の歌志内市で2024年4月1日現在の人口は約3千人である。現在、人口1万人未満の市が全国で4市ある。

また、市町村合併が進み、栃木、石川、福井、静岡、三重、滋賀、兵庫、広島、山口、香川、愛媛、佐賀、長崎の13県では、現在、村が一つも存在しない。逆に村が一番多く存在する県は、長野県で、現在35村がある。村が20以上あるのは、21村がある北海道と長野県の2道県だけである。

(21) 30歳で転職 自治省職員となる

私は、1950（昭和25）年から長野県職員として、長水地方事務所（その後「長野地方事務所」現在は「長野地域振興局」）、総務部統計課（現在は「企画振興部統計室」）、西筑摩地方事務所（その後「木曽地方事務所」現在は「木曽地域振興局」）に勤務したが、1961（昭和36）年7月国家公務員に変わり、自治省（現在の「総務省」）に勤務することになった。

もともと私は、人間として生まれてきたからには、国外も含め、いろんな場所での生活を体験したいと思っていた。まあ、国外は無理として、日本国内だけでも、少なくとも5~6カ所くらいは、4~5年くらいずつ住んでみたいという希望を強く持っていた。家を継ぐ、両親の面倒を看るというような気持ちの拘束が無い、三男坊の我まま気ままということだったのであろう。1960年の春頃にも、農林省（現在の「農林水産省」）が、主として地方農政局勤務の中堅職員を都道府県等の職員の中から採用するという話があった。この時も応募してみようと思ったが、先輩の助言もあってそれは取りやめていた。1961年、時期ははっきり覚えていないが、時の上司から「自治省が、同省の中堅職員を、都道府県の吏員経験者の中から採用するというが、希望があれば受験だけでもしてみたらどうか」という話があった。受験だけでもしてみようかと一応願書は提出した。その受験のために夕方の汽車で上京するというその日（確か土曜日であったと思う）は午後1時頃から、上司の家でマージャンをしていた。珍しく勝ち運にめぐまれ、このままマージャンから抜けるのは惜しいような気になり、受験のための上京は取り止めにしようかなどと考えていた。ところが妻がマージャンをしている上司の家に来て、予定の汽車で上京するように強く言うので、後ろ髪を引かれる思いであったが、言われるままに家に帰り、予定していた汽車で上京した。

自治省での採用試験は、当時千代田区永田町の全国町村会館4階にあった公営企業金融公庫（現在の「地方公共団体金融機構」）の会議室で行われた。受験者は四十数名であったように記憶している。試験の内容は、一般常識等の筆記試験と、簡単な口頭試問であった。試験の出来は、良くもなく、悪くもなしと思っていた。その後、受験のことなど忘れかけていた頃、県庁の人事課から連絡があり、「自治省から、先に実施した採用試験に合格し、自治省に採用されることになった。異論が無ければ、1961（昭和36）年7月1日に自治省に出頭するようにとの通知があった。また、これに伴い、長野県を退職することとなるので、退職願を持って6月30日に県庁人事課に来て手続きをするように」とのことであった。

1961年6月30日、長野県庁に行き、人事課長から「願により本職を免ずる　昭和36年6月30日　長野県知事西澤権一郎」という退職辞令をもらい、退職に伴う必要な手続きや、庁内の知人等への挨拶を行い、その日のうちに上京。当時六本木（現在「朝日放送」のあるあたり）にあった地方職員共済組合の宿泊施設で泊まった。

7月1日午前9時、当時「人事院ビル」と呼んでいた旧内務省の入っていたビル3階の自治省大臣官房総務課に行った。そこで一緒になったのが、久米衛、友納昭智の両氏であった。3人とも互いに全くの初対面であった。この3人は共に「自治事務官に任命する　昭和36年7月1日　自治大臣安井謙」という辞令と同時に「願により本官を免ずる　昭和36年7月1日　自治大臣安井謙」という辞令をもらった。そのあと、3人は総務課人事係長の山本恵さんと一緒に永田町にある公営企業金融公庫（以下「公庫」という）に行き、公庫の人事担当係長の松井旭さんから、公庫の設立の趣旨、業務の内容、組織、自治省職員との人事交流の理由等について説明を受けた。因みに、公庫は1959（昭和34）年6月の発足であり、職員の大半は、自治省から交流人事で来ている人たちであった。それに、大蔵省（現在の財務省）、厚生省（現在の厚生労働省）、日本銀行等から1～3名くらいずつ来ていた職員で、これらの人たちも交流人事の職員であった。公庫のプロパーの職員は、女性職員、車両の運転担当の職員等で十数名であった。

公庫の職員になったため自治省職員（国家公務員）を退職することとなったので、自治省から退職金が支給された。長野県を退職した時は、自治省（国）と長野県（殆んどの都道府県も同様）は職員の退職金について双方の勤務年数は通算するということになっていた。このため、長野県を退職しても、引き続いて国家公務員となった場合は、退職金は支給されず、最終的に退職した時に両方の勤務年数が通算されることになっていた。しかし国家公務員を退職して公庫の職員となった場合は、当時は通算の制度が無かったので、当人が望むか否かに拘らず、自治省から退職金が支給された。因みに長野県と自治省（1日）を通算して10年余りの勤務に対する退職金は、158，000円であった。この額は、当時の給料月額の約9倍であった。余談となるが、翌年（1962年）の春ごろだったと思うが、次兄が、総武線新小岩駅から歩いて十数分の所にできた、木造一戸建ての建売住宅を170万円ほどで購入することになった。しかし、購入資金が10万円ほど足りないということだったので、支給された退職金から十数万円を貸した。この金は2年も経たないうちに全額返済された。今から62年ほど前、インフレ進行時代の話である。

公庫では、その日に、「公営企業金融公庫主事に任命する 6等級7号俸を給する 業務部資金課勤務を命ずる 昭和36年7月2日 公営企業金融公庫 総裁 三好重夫」という辞令をもらい、その日からの勤務となった。

一緒に入った、久米衛さんは総務部庶務課、友納昭智さんは業務部融資課に配属された。当時、公庫の組織は、総裁、理事、監事等の役員の下に、総務部、業務部の2部が置かれていた。そして総務部には庶務課、経理課の2課が、業務部には、資金課、融資課の2課が置かれていた。総務部長は、石渡猪太郎さんで、旧内務省時代からの大先輩で地方行財政の生き字引のような方であった。私たち新入の職員に対しても、懇切、丁寧に指導をして下さった。業務部長は、小野博康さんで、日本銀行から来ておられた。公庫から日本銀行に戻られ、その後日本銀行の支店長、トヨタ自動車の副社長、千代田生命保険相互会社の会長等を務められた人である。資金課長は、大蔵省上級職の馬渡俊光さん、資金課次長は自治省上級職の赤澤善二郎さんであった。資金課には、貸付金の回収、余裕金の運用等を行う資金係と公営企業債券の発行業務を行う債券係が置かれていた。資金係は中村恵宥係長が、債券係は佐伯愿さんが責任者であった。私は資金課資金係に配属された。と言っても、業務部全体で20名ほどの職員なので、部長以下全員が大部屋で勤務していた。そのため、私たちも、部長から直接、指示とか教育をされることも少なくなかった。

60年近くも前のことなので、正確なことは覚えていないが、次のようなことは、それとなく記憶に残っている。

小野部長からは、「資金運用は、普通の銀行では、勤続10年以上のベテラン行員のする仕事であり、その良し悪しは業績に直結する。明日、明後日から、今週、来週、さらに今月、来月その先までの資金の収支見込みをきちんと把握して資金運用をするように」、「自己の口座に漫然と計画にない資金を置いてはいけない」というようなことから、更に具体的なことについても指導されることが、少なくなかった。とは言っても、公庫の場合は、余裕資金の運用については、国債に限られていた。短期の運用は短期国債（当時、「外国為替証券」と「食糧証券」があった）であるが、これは、直接日本銀行との間で売買を行った。長期の運用は長期国債で行っていたが、これは、証券会社を通じて、買い付け日、買戻し条件、金利等を決めるというようなことであった。いずれにせよ、普通、公務員では経験できないような仕事に携わり、世の中の大金の流れ、金利等の動きを垣間見るような、貴重な経験であった。

資金課で約1年9ヶ月。1963(昭和38)年4月に、総務部庶務課に配置換えとなった。庶務課での仕事は、役員室のお世話、大小の会議の設営、物品の調達、役職員の給与、旅費の計算など多岐にわたる仕事であった。その庶務課に丸2年、1965年4月、自治省財政局公営企業課に勤務することになった。実は、私は、仕事の内容も、事務所の環境も、給与等の待遇にもほとんど満足していたので、出来ればこのまま定年まで、公庫に勤務したいと思っていた。同じような思いを持つT君たちと、その希望を上司に伝え、お願いしてみたことがある。しかし、それは出来ないということで、上司の命に従い、公営企業課に勤務することになった。

(22) 東京での住居

1961(昭和36)年7月、私は、自治省に勤務することになり、東京に転居した。転勤が決まった時、私は、長野県西筑摩地方事務所に勤務していた。前年の11月3日、結婚していたので、その時は西筑摩郡木曽福島町(現在は木曽郡木曽町)にあった県の職員住宅に住んでいた。東京に転勤となっても、東京で住居を探すということは、当時は大変なことであった。そのため、先に、私が一人で東京に行き、二人で住める住居が見つかってから、改めて引越しをすることにした。一人で上京した私は、とりあえず、川崎市中原区に住んでおられた伯父さん（私の父親の兄さん）の家（一戸建）で一週間ほどお世話になることにした。その後、東京都葛飾区新小岩に住んでいた次兄典男さんの家（アパート）で泊めてもらい、自分のための住居を探すことにした。当時総武線新小岩駅周辺で、単身者又は夫婦二人での住居は、6畳か4畳半の居室で、トイレと炊事場は共用、家賃は一畳当たり1，000円というのが相場と言われていた。もちろん、家賃に制限をつけなければ、複数の部屋があってキッチン、トイレはもちろん、風呂までも付いている住居もあったが、月給1万5千円程度の私たちにはとても考えられないものであった。私は、土曜日の午後と日曜日を中心に数軒の不動産屋を回って住居探しをした。これならば、と思って借りることにしたのは、6畳の部屋に1畳相当の押入れ、それに小さな炊事場がついたアパートの1室。総武線新小岩駅から徒歩7分というところにあった。そのアパートは、木造新築で、1階が家主の住居、2階に私の借りる部屋と同じものがもう1戸と、部屋の広さ3畳のものが2戸の計4戸の住居があり、トイレは4戸の共用というものであった。もちろん風呂はない。家賃は、月5，000円で、その頃の1畳1，000円という相場から見ても割安感の持てるものであった。それに、何よりも良かったのが、ほかの3戸に住まわれる人たちがみな非常に良い人たちであったことである。3畳の2部屋は若い独身の男の人が一人ずつ、6畳の部屋は若い女性の単身者であったが、お互いに、とおりいっぺんの挨拶だけでなく、打ち解けて何でも話し合える、信用のできる人たちであった。

そんな小さな住居ではあったが、妻の両親もほぼ4年間のうちに3回ほどみえて泊まられたし、私の勤務先の上司や同僚も立ち寄ってビールを飲んだりしたこともあった。長女は、私たちがここに住んでいたときの１９６６（昭和41）年7月4日午前6時、この家から歩いて15分くらい、新小岩駅南口の中村医院で生まれた。

私たちも、子供が生まれればこの住居では大変なので、もう少し広い住居が欲しいと思っていた。公務員宿舎への入居も考えたが、出来ればそれ以外の住居ということで、家賃は高いが日本住宅公団の賃貸住宅の入居申し込みをすることにした。日本住宅公団（現在の「都市再生機構」）とは、住宅に困窮する勤労者のために住宅や宅地の供給（賃貸や分譲）をするために１９５５（昭和30）年、国によって設立された特殊法人である。その公団が建てる住宅は、公団住宅と呼ばれ、１９６０年頃までは、東京では都心にも建設されていた。２ＤＫで床面積50㎡程度の住戸が複数階に並ぶ集合住宅であった。家賃もかなり高く、普通のサラリーマンではとても借りることが出来なかった。しかし、１９６０年頃からは、都心からの通勤時間が1時間程度の鉄道沿線にも多く建設されるようになり、家賃も多少割安感が持てるようになっていた。私も１９６３年5月頃から入居の申し込みを始めた。その頃は、新築の集合住宅の入居者募集が年に4～5回、空き家の入居者募集が毎月1回行われていた。私の当時の年間所得では入居資格にある年間所得の最低額に届かないところもあったので、1年間に申し込みができたのは、空き家の入居者募集も含め15回程度であった。しかし申し込みをしても競争率はほとんどが10倍とか20倍とかであった。また、申し込み回数30回目で落選した場合は、無抽選で、空き家募集中の住居の中から自分で選んだところに入れるというルールもあった。１９６５年８月、私は、足立区にある公団花畑団地の空き家入居希望ということで、30回目の入居申し込みをした。これも当選はしないだろうし、当選しない方が、より条件の良い住居を選べるだろうからと、この時ばかりは落選を願っていた。しかし、この30回目の申し込みで、公団花畑団地７号棟４１０号室の入居者に当選してしまったのである。この当選を辞退すれば、29回落選の実績は０になるということも考えて、当選した７号棟４１０号室に入居することにした。この公団花畑団地というのは、都内でも有数の大規模団地であり、バスを使って東武鉄道日光線竹の塚駅に出て地下鉄日比谷線直通の電車に乗るか、あるいは、同じ日光線の谷塚駅まで約15分歩いて、そこで日比谷線直通の電車に乗ると、その頃の私の勤務地、霞が関までは、片道ほぼ1時間で通勤することができた。住居は、６畳、４・５畳、３畳の３つの和室と６畳ほどの広さのダイニングキッチン。住居の床面積は約49㎡、極小の３ＤＫである。それでも、６畳１間に親子３人で住んでいた時と比べると、天と地の違いであった。家賃は月額１０，８００円であった。当時、私の月収は、月給から税金、共済掛金等を差し引いた、いわゆる手取り額は３万円程度であったので、この家賃の負担は軽くは無かった。

　この公団住宅には、１９６６年10月から１９７０年４月までの３年半ほど住むことになったが、この間、勤務先の上司から、家賃が３分の１程度で済む公務員宿舎への入居を何回か勧められた。私の支払っている家賃は、一般職員の平均家賃の3倍近い額であり、生活に支障をきたすのではないか、という上司の心遣いからであった。その頃の一般職員のための公務員宿舎の家賃は安いところでは月額1，800円、通勤時間片道90分位の所で、月額3，600円程度で入居できるという話であった。結局、公務員宿舎への入居はお断りして、1970（昭和45）年4月、兵庫県伊丹市役所に勤務することになるまで、ここに住むことになった。長男も次男も、この公団花畑団地近くの足立区保木間町の中川医院で生まれた。

1970年4月、私が兵庫県伊丹市役所に転勤、伊丹市に転居したため、その時、その住居に一緒に住んでいた妻の妹がとりあえず一人でそこに住むこととなった。その後、妻の妹が結婚し、何年かこの公団住宅に住んでいた。更に、その7年後、1977（昭和52）年、私は、新潟県庁から自治医科大学に転勤になった。栃木県小山市にある自治医大職員宿舎に入居を考えていたところ、妻の妹たちが、新居を取得して、花畑団地から転居することになった。花畑団地であれば自治医科大学への通勤も不可能ではないと、8年ぶりに花畑団地の元居た住居に、再入居することになった。

このあと1980（昭和55）年3月、東京都江東区越中島に新築された住宅公団の分譲住宅「越中島3丁目ハイツ」に転居するまで3年間、この花畑団地に住んでいた。

越中島3丁目ハイツへ転居した時、娘は東洋英和女学院中等部2年生であったので、通学が随分楽になったと喜んだ。しかし、長男と次男は、新潟市立有明台小学校から足立区立花畑西小学校に転校して3年。

「やだなー、また転校か」と不満のようであった。しかし、長男は江東区立臨海小学校6年生に転入した。次男も新設の江東区立越中島小学校の5年生に転入することになった。この越中島小学校はその年に新設、開校した小学校で、6年生はおらず、5年生が最上級生であった。そして、翌々年3月、次男たちは、この越中島小学校の第1回の卒業生として巣立つことになった。

娘は、日野市立日野第4小学校、新潟市立有明台小学校、足立区立花畑西小学校と3校。長男は、有明台小学校、花畑西小学校、江東区立臨海小学校と3校。次男も、有明台小学校、花畑西小学校、江東区立越中島小学校とそれぞれ、三つの学校で小学校時代を過ごした。私も妻も小学校は6年間一つの学校で学んだ。転校の経験も無く6年間一緒に学んだ同級生とは、共通の思い出も多く、今でも多くの同級生とお付き合いが続いている。子供たちは、このような細切れの小学校時代をどのように思っているだろうか。

(23)　家を買う

１９７２(昭和47)年、私は、家を買った。東京都日野市にある中古住宅。土地２３０・７７㎡(約70坪)、建物(辛うじて住めるという程度の古い住宅２戸を連結使用していたもの)２１８・４８㎡(約66坪)である。

私は、もともと、自分が最終的にどこに住むか？　ということは深く考えていなかった。現在の勤務を続けるとすれば、まだ数回の転勤はあるであろうし、場合によっては、転勤先に永住ということもあり得ると考えていた。定年退職後のことは、馴染みの人たちや土地風物と親しみながらの生活を望めば、20歳代半ばまで二十数年間を過ごした長野県北部。医療とか文化、情報の恩恵により恵まれたいと考えると、東京近郊が良いのかな、などと思ったりもしていた。また、「住めば都」と言われるように、そこに2～3年住むと、人との馴染みや風物への愛着等が深まり、離れがたい思いになる、ということも何回かの経験で分かっていた。

１９７２(昭和47)年3月、当時私は、兵庫県伊丹市役所に勤務していた。公務で東京に出張した折、用件が終わり、新宿駅に向かって、新宿広小路を歩いていた。たまたま、信号待ちのため、不動産屋の前で立ち止まり、何げなく売買不動産の物件広告を見ていると、店内から若い社員が出てきて、「中には、良い物件が沢山ありますよ、見るだけでいいからどうぞ」と誘われた。その時は自分が家を買うなどということは全く考えていなかった。店内で何件か紹介された後、「これは昨日出た物件です。掘り出し物ですよ、なんならこれから直ぐに見に行きましょう」と強く勧められた。「いや、今直ぐに必要でもないし、お金の用意もありませんので」と一旦は断ったが、「見るだけでいいです、気に入らなければ断っていいんです」と言われるので、「見るだけですよ」ということで、その社員の車で、物件を見に行った。

甲州街道日野橋を渡って間もなくの、多摩川沿いの所にその物件はあった。社員の説明によると、もともとこの物件は、昭和の始め頃、某会社が建てた社宅を、敗戦後入居者に払い下げたものであるということであった。みると、よく区画整理された地区に、一区画40坪ほどの土地に、30坪程度の平屋が数十軒建ち並んでいる住宅街があった。その中の一区画に住んでいた所有者が、隣接の1戸を買い増して現状のような姿にしたというのである。「建物はほとんど価値のないものですが、この程度の宅地は今後なかなか出ないと思いますよ」と更に強く取得を勧められた。私も現地を見て心が動いた。しかし、資金の当ては全く無い。そこで、「出来れば取得したいとも思うが、資金のめどは全くない、この物件の取得に融資をしてくれるところがあれば、教えてほしい。ある程度の融資が可能であれば取得を考えてみたい。回答は1週間待ってほしい」と私から頼んでみた。その後、不動産屋の事務所に戻り、「取得の意思はあるが正式な意思表示は1週間以内に行う」という書面にサインし、資金融資の相談相手として住友生命保険相互会社を紹介してもらいその日は帰宅した。

１９７２(昭和47)年頃は、住宅ローンの利用は今のように簡単ではなかった。その金利に至っては今とは雲泥の差であった。自宅に戻った翌々日、早速、大阪にある住友生命保険相互会社に行き融資の相談をした。先ず、年収を聞かれ、「約４８０万円です」と言うと「公務員でもこんなに貰っているのですか」と疑問を持たれたが、前年の源泉徴収票等を示して納得してもらい、融資が可能であるということになった。しかし、融資額は取得価格の70パーセント以内、貸付期間は20年が限度、金利は年6％ということであった。現在は、住宅ローンは借り手市場であり、このような数値は考えられないが、当時としては平均的な条件であった。融資はなんとか可能となったが、残りの３００万円は当てがない。妻に相談したが、妻は、今、家などを買うというのは反対であると言う。5歳をかしらに3人の子供のこれからの教育費等を考えると、とても家などを買う余裕はない。と言うのである。それでも相談の結果、渋々同意し、２５０万円ほどしかない預金を全部出すということになった。しかし、それでもまだ足りない。最後は、妻が、自身の姉に頼んで50万円貸してもらうことができて、1，０００万円はなんとか見通しがついた。早速不動産会社に連絡をし、取得の手続きを依頼した。改めて対象物件の詳しい説明を聞き、売り主との面談、契約書類の作成、手付金、中間金の支払いその他いくつかの手続きを経て、同年10月取得が完了した。この直後、面白いことがあった。この物件の紹介をしてくれた不動産会社の人から電話があり、この物件を売る意思はないか、というのである。売る意思があれば、現金1，500万円ですぐにでも買い取りたいというのである。この話は丁重に断ったが、土地バブルの一端を見たような経験であった。この時、私も一瞬、売ろうかとも思った。しかし、これからも土地の値段は、まだ上がるのではないかとも考えて、この話は正式に断った。この頃「土地神話」という言葉がよく言われていた。土地は新しく創りだすことは出来ないものであり、その価値は上がることはあっても下がることは絶対にない。という話であった。また、「土地転がし」と言って、土地の取得、転売をくり返して莫大な利益を得ているというような話も少なくなかった。

この家の取得の翌年1973（昭和48）年4月、私は東京へ転勤となり、この家に住むことになった。その家で小学校1年生となった長女は、友達から「お前の家は、お化け屋敷だ」と冷やかされたと言っていた。それでも、自然環境もよく、近所の人たちもみな良い人ばかりだったので、住み心地は最高であった。しかし、翌1974年4月私は新潟県庁に転勤となり、この家から引っ越すこととなった。7歳、5歳、3歳であった子供たちは、引越し絶対反対であり、私に対し「新潟へは、お父さん一人で行けばいいのに」などと強く言われた。しかし、新潟への引越しは変えられず結局この家には1年間住んだだけであった。

その時、この家は、2~3年のちに新潟から東京に戻った時に、直ぐに住めるようにと、とりあえず空き家のままにしておこうと思った。しかし、近くにある不動産屋から、「空き家にしておくと家の傷みが進む。自宅の改修や建て替え等のために、数か月程度の短期間借りの住宅需要が少なくない。そのような人たちに利用してもらうことにしたらどうか」と言う話があり、留守中の家の管理をその不動産屋にお願いすることにした。3年間に4人の人に借りてもらった。

しかし、3年後の1977(昭和52)年、私の新潟県庁からの転勤先は、栃木県南河内町(現在の下野市)に在る自治医科大学であった。日野市の住宅に住むことは断念せざるをえなかった。そして、その住宅は以降約10年間、ほぼ空き家の状態であった。固定資産税の納付や住宅ローンの返済等の負担もあったが、1970(昭和45)年頃から1977(昭和52)年頃にかけての土地価格、物価の上昇、それに賃金のベースアップ等もあり、住宅ローン等の負担感は、かなり小さくなっていた。1972(昭和47)年の地価公示価格の平均値は、前年に比べて30パーセント以上も高くなっていたし、1974(昭和49)年の消費者物価は前年比20パーセント以上の高騰であった。賃金の方も、人事院の給与改善の勧告が１９６９年からアップ率10パーセント台が続いていたが、１９７４（昭和49）年には29・64パーセントとほぼ３割の賃金水準のアップであった。月給10万円の人は13万円に、20万円の人は26万円にアップしたのである。

１９９１（平成３）年頃から、いくつかの住宅建設の会社から、日野市の住宅を解体して、単身者用のアパートを建てるよう勧められた。八王子市等日野市周辺では、その頃、大学の移転、新設等が進み、大学生の急増で単身者用アパートが大変不足している、今がチャンスであるという話であった。１９９２（平成４）年の年末頃、積水化学工業株式会社（セキスイハイム）に依頼して、住宅跡にアパート1棟（単身者用6室、小家族用１室）を建てることにした。建物は１９９３年末に完成した。家賃の設定、入居者の募集、入居者の決定と契約書の作成、家賃の収納等は全てセキスイハイムさんにお願いすることにした。以降、２０１５（平成27）年にこれを売却するまでの約43年間、悲喜こもごも、いろんな経験をさせてもらった。これを売却することにしたのは、子供たちへの相続を簡潔にしておくためにも、私の手で売却するのが適当と考えたからである。売却代金は４，８００万円であったが、税金、ローンの残金等を引いて残りは2，５００万円弱であった。これも、子供たち3夫婦6人、孫7人に１００万円ずつ贈与したので、私たち夫婦の手元に残ったのは、１，２００万円弱であった。

(24)　煙草の話

喫煙（煙草を吸うこと）は、現在では「健康の敵」、「がん発症の大きな原因」などと、多くの人たちから快く思われていない。しかし煙草も、終始嫌われ続けていたわけではない。煙草は、心身の緊張を和らげ元気を取り戻すための良薬だとか、何人かでの話し合いの場では雰囲気を和らげてスムーズに話が進められるとか、話し中に間をとるための妙薬であるとかで好意的に言われることも少なくなかった。仕事に集中している時に、ちょっと一休みという時の一服は、仕事の続行を鼓舞、激励するなど、その効用も少なくない、と一定の評価をされることもあった

その後、喫煙は、喫煙をする人の健康に良くないだけでなく、喫煙者の周りにいる人の健康にも悪い影響を与えるなどと言われて、喫煙、喫煙者が、悪者扱いにされるようになった。ここ40年から50年くらい前からだろうか。

１９４５年までは、日本にも軍隊があった。その頃は、兵士の半分以上の人が喫煙者ではなかったかと思う。その頃流行っていた軍歌などにも、たびたび煙草が出てくる。例えば、「恩賜の煙草をいただいて、あすは死ぬぞと決めた夜は（「空の勇士」）」とか、「雪の進軍氷を踏んで、どこが河やら道さえ知れず、馬は斃れる捨ててもおけず、此処は何処ぞ

皆敵の国、ままよ大胆一服やれば、頼みすくなや煙草が二本（「雪の進軍」）」、「それより後は一本の、煙草も二人でわけてのみ、ついた手紙も見せ合うて、身の上話くりかえし（「戦友」）」などである。

私が就職した頃、１９５０年頃は、同じ事務室に30人位の職員がいたが、男性職員の半数以上は喫煙者であった。喫煙者は、自分の気にいった灰皿を、自分の事務机の上に置いて、自分専用で使用していた。その灰皿は、終業時に女子職員が洗ってかたずけ、翌朝にはその人の机の上に戻していた。また、会議があるときは、会議に参加する人の数だけの灰皿を、会議室の各席に置くことは、ごく当たり前のことであった。成人の男子は、煙草を吸うことがあたり前と思われていたような時代であった。

また、汽車や観光バスなども、乗客はほとんど喫煙者であるという前提で、車内のほとんどの座席に灰皿が備え付けられていた。それは、恐らく１９８５（昭和60）年くらいまでつづいていたと思う。鉄道車両は、新幹線の車両を含め、ほとんど喫煙自由であった。１９８５年頃、私は東北新幹線東京―小山間をよく利用した。その頃、列車のうち1車両だけが禁煙車となっていた時期があった。私は、ほとんど、その禁煙車を利用していたが、たまに、禁煙車が満席の時は、喫煙自由の車両を利用したが、その喫煙自由車両の空気の汚染にはびっくりした。今では、喫煙のできる車両を繋いだ列車などは、ひとつもないのではないかと思う。

そう言う私も、煙草を吸っていた時期があった。毎日吸うのではなく宴会の時などに吸うことが多かった。そして、その時に買った煙草はたいていそれが終わるまで吸っていた。しかし、家で煙草を吸うことはほとんどなかった。家には灰皿もおいてなかった。

現在日本に住んでいる人のうちどれくらいの人が煙草を吸っているか。厚生労働省の調査を見ると、男性では29％ほど、女性では8％ほどである。この数値を25年ほど前と比べると、男性は約23ポイント、女性は約2ポイント下がっている。また、現在の喫煙者のうち男性の約30％、女性の約40％の人が喫煙をやめたいと思っているそうである。

街中の煙草販売店で売っている煙草は、だれが作っているのか。私たちが子供の頃、1949（昭和24）年頃までは、大蔵省（現在の財務省）の1部門である専売局が作って、販売をしていた。健康に良くない煙草を、国が作って販売をしているというのもおかしな話ではあるが、国や地方公共団体の収入に関係をしているためでもある。今も、煙草の値段のうち6割以上は税金である。煙草は、売れば売るほど、国や地方公共団体に入る税金が多くなるのである。煙草の値段に含まれる税金は、その2分の1が国に、2分1が地方公共団体に入ることになっている。煙草にかかる税金は、年間ほぼ2兆円であり国と地方公共団体はそれぞれ約1兆円の税収を得ていることになる。また、1年間の国の税収は、はぼ60兆円であるからその約1・6％が煙草にかかる税金ということになる。現在よく売れている紙巻き煙草一本の値段は25円くらいではないかと思うが、そのうち、16円ほどが税金ということになる。また、煙草にかかる税金の市区町村ごとの配分は、その市区町村内で販売された煙草の売り上げ金額に応じて配分されるので、各市区町村では、煙草は、自分の市区町村内で買いましょうと、勧め、宣伝もしている。

煙草の製造販売をしていた、大蔵省の専売局は、1949（昭和24）年6月1日に大蔵省から分離独立して日本専売公社となった。更に1985（昭和60）年4月1日には日本たばこ産業株式会社（特殊会社）にその業務は引き継がれている。現在、煙草の製造販売は、この会社が独占して行っている。

煙草をできるだけ多く販売をするため煙草の宣伝も行われていた。市制施行〇周年記念とか、創業〇年記念などの行事の一環として、煙草の箱に、その旨を描いた記念煙草の発売なども行われていた。また、煙草そのものよりも煙草を吸う姿に重きを置くような宣伝ポスターも現れた。中でも、「動くアクセサリー」などという宣伝文句の入ったポスターなど賛否両論、世間の話題になったようなものもあった。この「動くアクセサリー」というポスターを見て喫煙者になってしまったという女性も少なくなかったというような話もあったが、その真偽のほどは分からない。私たちが子供の頃、1940年頃は、煙草と言えば、刻み煙草のことであった。刻み煙草とは、煙草の葉を毛か糸のように細く刻んだものので、それを紙袋に入れて売っていた。それを買ってきて、自分用の缶か、革製か布製の煙草入れに移し、そこからキセルの火皿に移して喫煙をしていた。その頃は、煙草と言えば、刻み煙草のことで、現在の巻き煙草は、特に、紙巻き煙草と言っていた。

刻み煙草の喫煙は、専らキセル（煙管）を使う。キセルは金属製で刻み煙草を詰める小さな椀状の火皿とそれに連なる煙道、口にくわえて煙を吸う金属製の吸い口と、その二つの金属の管をつなぐ「らう」と称する竹管からなっている。キセルは煙草の煙が通るだけでよいという最低のものから、金属製の部分に高価な金属を使ったり、金属に好みの彫刻を施したりして楽しむような人もいたようである。私が30歳くらいの時に「キセル乗り」ということが話題になったことがあった。キセル乗りとは、両端は金を使うがその中間は金を使わないという鉄道の不正乗車のことである。そのような不正乗車を自慢そうに、言いふらしているような人もいたようである。今は、改札が自動化されて乗降時にそれぞれ記録されるので、途中区間を不正乗車するようなことはできないので、キセル乗りの話もなくなった。

煙草が人の健康に良くないということに異を唱える人は、ほとんどいない。しかし、喫煙は、火災の原因となることも注意しなければならない。総務省消防庁の統計によれば、火災の原因のうち10％ほどは、喫煙者の火の不始末によるものであり、火災原因の第1位である。

(25) 転勤の記録

① 兵庫県・伊丹市役所での3年間

自治省職員の大半の者は、在職中何回か、都道府県や市町村に勤務することが例となっていた。これは、地方自治、地方行政に携わる者として、その第一線において行われている業務を体験して地方自治、地方行財政の理解を深めるというのが主な狙いであると言われていた。また、転勤は、勤務先の事情をよく理解するためにも、家族づれでの転居をするようにとも言われていた。

私は、1970（昭和45）年3月自治省職員を退職し、同年4月兵庫県職員に採用されて、同県の伊丹市役所に勤務することとなった。私39歳、妻37歳、長女3歳、長男1歳、次男3ヶ月。まさに三つの子を頭に3人の、子連れの引越しであった。私は、役所の事務引継ぎや、関係者、関係部署への挨拶等で引越しの作業はほとんど出来なかったので、引越作業は、引越業者の作業員と妻、それに義妹鈴木伊久子さんが行った。

たしか、4月7日だったと思うが、家族5人と、伊久子さんにも同行してもらい、東京駅から東海道新幹線に乗って新大阪駅へ。新大阪駅からは、伊丹市役所の車で、伊丹市職員会館に送ってもらった。住む住宅は用意していただいていたが、引越しの荷物が届くまでは職員会館でお世話になることになっていたのである。一家が伊丹市に着いた翌々日、引越しの荷物が届いた。しかしそれの、荷解き、配置、収納、整理等がまた大変であった。特に生後3ヶ月の次男は、引越荷物整理中に発熱、肺炎を起こして、伊丹市民病院に入院となった。病院の医師からは「もう3時間遅れていたら命はなかったという状態でしたよ」と叱られたりもした。

それにしても、初めての、子供を連れての転勤、引越しであったので、未知、不慣れのことも多く、多くの市役所の職員にお世話になった。特に岩崎さん、森本係長（当時）、岸本課長（当時）には公私ともに、大変お世話になった。

新しい住居は、伊丹市鈴原町にあった。木造平屋建て、8畳の日本間二つと、同じく8畳ほどの洋間、その日本間と洋間の間が12畳ほどの板張りのリビングルーム。このリビングルームは、3人の子供たちにとっては、打ってつけの遊びの場でもあった。

家の玄関正面には5坪ほどの庭があったほか、家の周りは1m30㎝ほどの幅で空き地となっており、土いじりをしたり、草花に触ったりできる格好の場所でもあった。

この家には、私や妻の身内の人も何人か見えた。最初に見えたのは、甥（長兄の長男）の正隆君。彼はこの年の3月長野県立飯山北高等学校（私も卒業した学校）を卒業、住友銀行に入社。初任者研修のため芦屋市にある銀行の研修所に来ているとのことであった。彼は私と丁度20歳違いであり、5年以上も一緒に生活していたこともあるので、甥というよりは弟というような感じでいた。当時、高校卒で都市銀行に就職することは難関であったと思う。当時、住友銀行は、長野県内に支店が無かった。早く長野市にも支店ができると良いがと、ふと頭をかすめたことを覚えている。妹の長男郁夫君と次男耕作君も見えた。伊丹空港などを一緒に見に行ったりした。話の中で、年末の歌謡大賞が話題になった時、郁夫君が「今年の大賞は、ちあきなおみの喝采で決まりですよ」と自信満々で言ったのを今でも覚えている。その時私は、ちあきなおみという歌手を知らなかった。妻の両親も3回くらい見えたと思う。子供たちを、京都や神戸などへ連れていってもらったこともあった。

市役所での私の職務は、企画部長であった。当時の企画部というのは、市の将来構想の策定、それに係わる財政計画とそれの着実な執行、市民との対話と広報、市の行政組織の刷新と効率化、伊丹空港（大阪国際空港）との関わり方等幅広い業務を担当するところであった。課も、企画課、財政課、広報課、行政管理課、空港対策課の5課の構成であった。

私の仕事は、企画部全体の業務の進行を見るというものであったが、着任のその日から、伊丹空港、特に航空機騒音の問題一点に取り組まざるを得ないこととなった。

1970（昭和45）年は、大阪府吹田市に於いて日本万国博覧会（大阪万博）が開催された年である。会期は3月15日から、9月13日までであった。この大阪万博の開催に合わせて、伊丹空港は大きく拡充整備されたのである。この空港の拡充整備に伴って伊丹空港にも、ジェット航空機が本格的に離着陸することになった。そのジェット機が離着陸時に発する騒音が市民の生活に壊滅的な打撃を与えるようになったのである。特に朝8時前後、と夕方6時から8時頃までが激しく、家族同士の会話もできない、テレビも声が聞き取れないし、画像も乱れ通し。電話がかかってきても相手の声が聞き取れない等々の苦情の声が一斉に上がってきた。また、小・中・高の学校でも騒音の度に授業を中断せざるを得なくなる。事務所、事業所等に於いても、会議が満足にできない、電話の応対ができない等の苦情が日に何回も市役所に寄せられていた。私も赴任して直ぐにその対応に当たらなければならなくなった。「空港は広々としたところで色々な飛行機を間近に見ることのできる楽しい場所」と思っていた私にとっても、空港のイメージの大逆転であった。

このジェット機の騒音の問題について、市民からは、「市民生活を破壊するようなジェット機の離着陸を大幅に減らす」から、「ジェット機の離着陸は禁止すべき」との声、更には、「一般市民には何のメリットもなく、苦痛のみをもたらす空港そのものを即時廃止すべきである」という声まで上がるようになり、伊丹市の政治、行政上の大きな問題となってきていた。騒音防止、ジェット機の離着陸禁止から空港廃止等を訴える市民集会もだんだんと大きくなり、全市民的なものとなっていた。伊丹市としても、伊丹空港周辺の市町とも連携して航空会社はもちろん兵庫県、大阪府や国（主として当時の運輸省航空局）に対しても、強く対応策を求めていた。しかし、国としても、大阪万博の最中に、便数の削減、ジェット機の就航禁止等は到底応じられるものではなかった。小・中・高校の防音工事の施工（当然のことであるが冷暖房設備が伴う）、特に騒音のひどい地域には、児童生徒が騒音に悩まされずに学習や遊びが出来る、住民が静かな場所でテレビを見る、談笑が出来るような集会施設（「共同利用施設」と呼んでいた）を何箇所か設ける等の対応策がとられた。しかし、そのような施策では市民は納得せず、市民の不満は収まらなかった。また、この航空機騒音の問題は、伊丹市だけの問題ではなく、空港の所在、あるいは周辺の大阪府池田市、豊中市、大阪市、吹田市、兵庫県川西市、西宮市、尼崎市等とも連携（各市の市長、議会議長をメンバーとする対策協議会の設置等）をしてその対応に当たっていた。伊丹市でも、この問題は、一つの課での対応では困難であるということで、空港対策部を新設し、対応の強化を図ることにした。空港対策部発足後二ヶ月ほどは私がその部長も兼務していたが、専任の部長に、空港問題の大ベテラン岸本哲さんが就任され、更に対策が進められた。

空港問題の他にも問題が山積していた。その第一は人口急増の対応であった。１９６０（昭和35）年頃からは好調な日本経済に伴って、人口の都市部への集中が急速に進んだ。特に東京圏、大阪市、名古屋市の周辺都市への人口移動が激しかった。伊丹市も１９６０（昭和35）年の人口８６，４５５人から１９７０年には１５３，７６３人と、10年間で６７、３０８人（約78％）の急増であった。この10年間、伊丹市の年間の増加率は、ほとんど、全国市町村別の人口増加率の上位10番以内に入っていたし、全国で増加率１位という年もあった。

市の人口が増加するということは、喜ばしいことでもある。しかし、あまりに急激な増加となると、市の行政サービスなどが追いつけなくなってしまう。特に小学校、中学校等の教育施設の整備は待ったなしの急務であった。教育の施設が間に合わないと言って、義務教育である小中学校の教育が出来ないということは１日たりとも許されない。既存の小中学校に増設が可能なところは、それほどの期間と資金はかからないが小中学校を新しく開校するということは大変なことであった。先ず建設用地の確保であるが、一定以上の広さがあることは勿論、場所が工場、鉄道や高速道路等の騒音問題は無いか。さらには、風俗営業の事業所との距離が一定以上確保されているか等の条件も満たさなければならない。

その上さらに通学区の問題も考慮しなければならない。用地の確保が出来て校舎の建設へと進むことになるが、この一連の学校新設に要する資金の確保もまた大変である。小中学校の建設事業費は、その大半は起債（市の借金）でまかなわれることになるが、その起債についても、県知事の許可が必要である等の制約があった。

義務教育関連施設の確保は勿論であるが、幼稚園や保育所の新増設も市民の強い要望であった。また、市立図書館、スポーツセンター等の拡充整備や新設も強く要望されていた。私も当然ながらこれらの新設や整備にも深く携わることとなった。この他にも、市役所、消防署の建物の狭隘や駐車場の大幅な不足、阪急伊丹駅周辺の再開発事業の推進。さらに上げれば、国鉄福知山線の複線電化と国鉄伊丹駅の拡充整備等も目前に迫っている課題であった。

私が伊丹市役所に勤務していた当時の市長は、伏見正慶さん、助役は小林利之進さん、収入役は渋谷常治郎さんであった。皆さん、温厚、誠実で業務にも精通しておられた。特に市長の伏見さんは、敬虔なクリスチャンで立派な人格者であった。常に、市民の幸せのため、市の発展のためにと、素晴らしいアイデアと、粘り強い行動力で市政の執行に当たっておられた。全国どこの市長さんも、市民のため、市のために働いておられるのはもちろんであるが、伏見さんの場合はさらにその上を行っておられたと思う。

私も、これらの方々のもとで伊丹空港（大阪国際空港）の騒音問題、人口急増に伴う教育、文化、医療、福祉等の施設の増強整備。更には行政サービスの拡充整備等多岐にわたる仕事を経験させていただいた。

私の公務員生活37年間の中でも、最も多忙であったが、最も充実した3年間であったと思っている。期（時代）に恵まれ、処（伊丹市）に恵まれ、人（伏見正慶市長をはじめ市役所の皆さん、公私ともに接することのできた多くの市民のみなさん）に恵まれた良き3年間であった。

長女は、新設の伊丹市立南幼稚園を卒園、伊丹市で小学1年生になろうかという時に、私は、自治省消防庁に転勤することとなった。幼稚園の友達やそのお母さん達との別れは、辛そうであった。

② 自治省消防庁での1年間

私は、前述のように、1973（昭和48）年3月31日、伊丹市、兵庫県を退職し、翌4月1日、自治省消防庁（2001年、平成13年の省庁再編に伴い、自治省が、総理府、郵政省などと統合して総務省となったので、現在は総務省消防庁）に勤務することになった。

この総務省消防庁は、よく、東京消防庁と間違えられるが、東京消防庁は、火災現場での消火活動、火災や自然災害などの被災者の救助活動、救急患者の搬送や救命活動、火災予防活動といった市民生活に直結した仕事をする東京都の機関である。これに対し総務省消防庁は、地方公共団体（都道府県や市町村）における消防（消防団を含む）の運営に関する制度や運営の基準などについて、調査、研究、必要に応じて立案、指導などを行うところである。総務省消防庁の当時の組織は、長官、次長の下に、総務課、消防課、防災課、安全救急課の４課と消防大学校、消防研究所があった。各課は、課長の下に２～３人の課長補佐がおり、その下に３～４の係があってそれぞれに係長と２～３人の係員がいるという構成であった。その他に、課長補佐と係長の間の位置で、課長の命を受けて課員の勤務時間や健康の管理、臨時的な業務の係への割り振り、他の課、機関との折衝などを主な仕事とする主任という役職があった。私は、その主任に配置された。

消防の組織には、主として都市部に置かれている常設消防（常に必要な消防職員と何台かの消防車や救急車を置き、昼夜いつでも出動できる体制の消防組織）と、全国の市町村に置かれている、非常勤の公務員である消防団員で構成される消防団がある。しかし、１９７０年頃から、市町村によっては青壮年人口の減少などもあって、消防団活動に支障をきたすという変化もみられるようになってきた。このため、消防団活動の強化と地域の消防力の充実を図るため、いくつかの市町村が、消防事務（活動）の一部事務組合をつくり、常設の消防本部、消防署や消防分署を置く、広域消防を設置したいという声も少なくなかった。このような広域、常設消防の設置事務の支援、消防職員の訓練、消防団と常設消防の連携強化策、さらには、商業ビルや集合住宅の高層化に対処するための大型はしご車等の導入や空港での飛行機事故などの対応策の検討が、消防課の主な業務であった。また、ＩＬＯ（国際労働機関。全世界の労働者の労働条件や生活条件の改善を目的として１９１９年に設立された国際機関で、日本は原加盟国であったが１９４０年に脱退し、１９５１

年に再加盟した）に対し、日本での消防職員の団結権の現状説明の資料作成なども消防課の仕事であった。私もいくつかの課題に関係をしていたが、1年後の3月、自治省消防庁を退職、新潟県庁に勤務することになった。

③ 新潟県での3年間

私は、1974（昭和49）年4月、自治省を退職して新潟県庁に勤務することになった。3月23日に転勤を内示され、4月1日午前9時30分新潟県庁に出頭するように、という指示であった。

1974年3月31日（日曜日）午後2時38分上野発の上越線「とき9号」で新潟に向かった。その時はまだ上越新幹線は建設中（上越新幹線の開通は1982年11月）であり、東京から新潟への交通手段では、国鉄上越線の特急が最も早かった。上野新潟間は4時間を切るという国鉄当局の決意のあらわれか、時刻表では3時間50何分かになっていたが、実際の運行では、多くは数分遅れで4時間を超えていたようである。

3月31日、東京・関東地方は良い天気であった。しかし、乗車していた「とき9号」が長い新清水トンネルを抜けて新潟県側に出たとたん景色は一変。どんよりと曇った空と1面の銀世界。雪国で育った私でも、この一瞬の変化には本当に驚いた。ふと、川端康成の小説「雪国」の冒頭のフレーズ「国境の長いトンネルを抜けると雪国であった」が頭に浮かび、この一行足らずの文章が示している、情景の変化、深さ、広さがしっとりと心に広がった。そして、これから何年か働き、生活をするこの地に、深い愛着のようなものを感じた。その日は、午後6時40分頃新潟に着き、市内のホテルで泊まった。

翌4月1日（月）9時過ぎに新潟県庁に出頭、9時30分新潟県の大倉博介企業管理者から「新潟県事務吏員に任命する　企業局経営課長を命ずる」という辞令を頂き、企業局の当面の課題、懸案事項等の説明を受けた。その後経営課に行き課員の皆様に挨拶、さらにそのあと経営課の佐藤新二課長補佐の案内で企業局内の4つの課と、仕事上で関係のある総務部財政課、商工労働部観光課等に挨拶をして、その日の夕方新潟を発って東京に戻った。

翌4月2日は、日野市の住宅で、日本通運の作業員の方と引越荷物の取り纏めを行い、親子5人日野市での最後の夜を過ごした。娘は、日野第四小学校での1年間を楽しく過ごし、何人かの親しい友達もできていたようなので、新潟への引越しには大反対であった。引越し前日のその夜も、まだブツブツと文句を言っていた。

翌4月3日午前9時、引越荷物を日本通運のトラックに積み込み、その出発を見届けて日野の住宅を後に上野駅へ。上野発13時30分の「とき6号」で新潟に向かった。17時半頃新潟着、そのまま市内のホテルで1泊。翌4日は午前10時から、企業局提供の公舎で引越荷物を受け取り、終日家財道具等の収納整理を行った。提供された公舎は、もともとは企業局長用の公舎で、立派な住宅であった。その時の局長が、自宅から通勤されることになり、その公舎が空き家になっていたため、とりあえずそこに住むようにとのことであった。最初の話では、新潟県職員用の集合住宅の1室に住むことになっていたが、急遽、局長用の公舎に住むことになったのである。幸運ということであった。この公舎は100坪近い敷地に建つ木造2階建て、延べ床面積は60坪程でなかったかと思う。1階は12畳ほどの洋間（応接室）、それと同じくらいの広さの日本間、それに8畳ほどの食事室があった。2階にも日本間が3室あったが、来客等のため年数回ほど使う程度で、家族はほとんど使うことは無かった。庭はかなり余裕があり、草花のほか、きゅうり、なすやトマトなども育てることができた。また、空地で、子供とボール遊びをすることもできた。

局長用公舎の隣は、企業局次長用の公舎であった。当時の企業局の次長は、立石英夫さんで、東大工学部出身の立派な技術者であった。奥さんと娘さん二人の4人家族であったが、皆さんとても善い人たちであった。小学校や幼稚園のこと、食材や日用品の買い物のこと、さらには、隣近所との付き合いのことなど、本当に親切に教えて頂いた。

子供たちの通う小学校は、新潟市立有明台小学校であった。娘は、この有明台小学校の2学年に転入した。担任は、久代先生という女性の先生で、教師としても、人間としても本当に立派な先生であった。長男は、公舎から100mほどのところにある有明幼稚園（学校法人金鵄有明学園）に入園することができた。次男は、まだ4歳で、近くに入園できる幼稚園もなく、よく、母親の作ったおにぎりを持って、近くの空地で、一人で遊んでいたようだ。そのうちに、近くの家のマー君と言う子供と仲良くなり、よく一緒に遊ぶようになったようである。翌1975年4月には長女は有明台小学校の3年生に進級、長男は、有明幼稚園を卒園して有明台小学校の1年生となった。そして次男も、有明幼稚園に入園した。翌年4月には、次男も有明台小学校に入学して、4年生、2年生、1年生と兄弟3人とも有明台小学校に通うことになった。しかし、翌1977年4月には、有明台小学校を去って、東京の足立区立花畑西小学校に転校することになる。

話は逸れてしまったが、私が赴任した頃の新潟県企業局の主な仕事は、水力発電事業、工業用水道事業、有料観光道路事業、上水道事業の建設及び管理運営であった。これらの仕事を進めるための組織として、企業局に、総務課、経営課、電気課、土木課の4課と、三面川発電事務所、胎内川発電事務所、笠堀発電所、新潟工業用水道事務所、上越利水事務所、弥彦山・越後七浦有料道路管理事務所、奥只見有料道路管理事務所、新潟臨海工業用水道建設事務所の八つの現地事務所が置かれていた。経営課が行う主な仕事は、売電先である電力会社（東北電力株式会社）との売電価格や送電方法等の交渉。有料道路の料金徴収や維持管理。工業用水の給水企業（売水先）の確保と給水方法や料金などの交渉等であった。

私が新潟県企業局に勤務していた、１９７４（昭和49）年から１９７６年の頃は、前年（１９７３年）の10月に起きた第４次中東戦争により、原油価格が急騰し我が国の経済、国民生活にも大打撃を与えた、いわゆる「石油ショック」の頃である。また、これに伴う日用品の価格や労働賃金の高騰も大変であった。１９７４年８月に人事院が行った国家公務員の給与是正勧告では、29・64％もの大幅な引上げを勧告している。このような物価、賃金の高騰は、企業局の行う事業にも大きな影響を及ぼした。

都道府県が水力発電を行うようになったのは、そのほとんどは、１９５２（昭和27）年頃からである。この頃は、１９４５年の太平洋戦争敗戦からの立ち直りも進み、産業、経済の進展や国民生活の向上等が叫ばれるようになった。そして、これらの要請に応えるためには電力の増強が不可避であった。このような状況の下、国の方針でもあったが、都道府県においても治水（河川の氾濫防止や流量の調整等）、利水（灌漑用水や上水道用水の安定的な確保）等に併せて、発電事業も行う河川の総合開発事業として、多目的ダムが構築されたのである。都道府県営の発電事業のほとんどは、この多目的ダムを利用して始められたものである。現在（２０２４年）は、27の都道府県が発電事業を行っている（ほかに金沢市も発電事業を行っている）。

これらの地方自治体が行っている発電事業では、発電した電気は、そのほとんどが電力会社に売却されている。そして、その売却によって得られる利益は、水源林涵養事業等特殊目的の事業会計や一般会計に繰り入れられ、住民に還元されることになっている。しかし、1972年頃までは、石炭石油等の火力発電に押されて、水力発電は軽視され、売電単価も低く抑えられていたようである。ある県の担当者の話だと、前回の料金交渉では、電力会社の幹部の方から「貴県がおっしゃるような単価では、当社では買い取りできません。貴県の電気量程度なら、ドラム缶何十本か燃やせば、直ぐに間に合いますから」と、単価交渉を棚上げにしてもよいというような発言もあったそうである。

私が新潟県企業局に転勤した1974年は、何年かに一度の売電単価の改訂の年でもあった。新潟県下への、電力の供給は、中部電力株式会社からではなく、東北6県と同じく東北電力株式会社からである。従って、県営発電事業の電気の売却先も東北電力株式会社であった。1974年の東北電力株式会社との売電単価の交渉では、石油価格の急騰や物価賃金の上昇等と客観情勢は一変していた。また、それまでの料金交渉は各県ごとに行っていたが、その時は、7県が合同で料金交渉を行うことになった。県側と東北電力株式会社との間の売電価格の決め方についても見直しを行うことなども併せて交渉。結果、それまでの何倍かの単価で売電できることとなった。石油価格の急騰や物価賃金の上昇を考えれば、当然の結果であるが、これによって県営の発電事業も黒字を確保し、一般会計等への繰り入れも確保されるようになった。

新潟県営の工業用水供給事業は、1961（昭和36）年頃から新潟市山下地区の製紙工場に工業用水を供給していた。また、1964年1月に、新産業都市建設促進法（昭和37年法律第117号）により全国で15地域が新産業都市に指定され、その中で新潟東港を中心とした新潟地域も新産業都市として指定された。その地域では、多くの工場等の立地が見込まれることとなり、それらに対応できる工業用水の確保も急務と言われ、そのための水源確保と供給設備の建設が始められていた。しかし、新産業都市構想は、その後の経済事情の変化による工場用地売却の遅れ等によって、工業用水の供給開始も大きく遅れるような状況になっていた。そのため、当面の仕事は、工業用水の供給先、供給量の確保と、それに見合った供給体制の構築であった。

新潟県が経営管理する観光有料道路は、1974年当時「弥彦山観光有料道路（弥彦山スカイライン）16・8㎞」と「奥只見観光有料道路（奥只見シルバーライン）22㎞」の二つであった。弥彦山観光有料道路は、1970年新潟県が建設、開通させた有料道路で、日本海や越後平野を一望できる弥彦山頂を巡る、価値ある観光道路であった。近くには有名な弥彦神社、岩室温泉等もあり、関東圏、中部圏等全国からの観光客にも評判の良い有料道路であった。奥只見観光有料道路は、電源開発株式会社が奥只見ダムの建設のために作った工事用の道路を、新潟県が移譲を受けて改修を加え、1971年8月観光有料道路としたものである。道路の行き先である奥只見湖沿岸部の観光開発が見込み通りに進まなかったため、利用者が伸びなかったことに加え、5ヶ月近い冬期間の運用停止期間もあり、有料道路としての採算性の改善は達成出来なかった。また、1976年には、新潟市から寺泊町におよぶ「越後七浦有料道路（越後七浦シーサイドライン）」が完成し、これの料金徴収業務も企業局に任されることになった。なお、これらの有料道路は、奥只見シルバーラインは1977年に、弥彦山スカイラインは1981年に一般県道として無料開放された。また、越後七浦シーサイドラインも、1990年無料開放されて一般の国道となっている。

県営の上水道事業は、県が直接各家庭や事業所に上水を供給するのではなく、県内の一部の市町村に上水を卸売するもので、当時は、建設計画の初期の段階であり、具体的な動きはほとんどなかった。

このように、幾つかの事業に携わっていたが、毎日のように気になったのが、お天気であった。有料道路の利用客数と発電量は、毎日その実績が分かるので、その日の天候を見て、一喜一憂というようなことが多かった。有料道路は、雨が降ると業績が振るわない。特に観光シーズンの休日等に雨天であると、業績がガタ落ち。晴天の続くことを祈るばかりであった。一方発電事業では、晴天ばかりが続くと、ダムの貯水量が減り発電量が減少。雨が欲しいと祈ることも少なくなかった。発電所のある地域は雨が、有料道路のある地域は晴れというのが理想ではあるが、そううまくはいかなかった。

経営課の十数人の課員の皆さんも、若い人が多く、みんな善い人たちであった。職員組合との団体交渉というようなこともあったが、特に論争をするようなことも無かった。課の人たちと碁を打ったり、酒を飲みに行ったり、たまには麻雀をしたりと、アフター5も結構楽しいことが多かった。

新潟での3年間は、生活の面でも、また多くのことを知り、学ぶことができた。先ず、間近に海のあることである。住宅から歩いて10分程で、防風林を超えると直ぐに海である。その海も、防波堤とか護岸とかの構造物も無い。砂浜を少し歩くと波打ち際である。海は水だけ、その先には何もない。見渡す限り海だけ。また、春の海、夏の海、秋の海そして冬の海と、その季節によって姿を変える海。特に山国育ちの私や妻にとっては、初めて体験することであった。子供たちにとっても、新潟の海は、何らかのかたちで記憶の底には残ると思う。

また、海を身近で見ることの少ない私たちの兄弟や甥、姪たちも何人もみえて、海を楽しんで帰った。

新潟での生活ではまた、いろいろなことを経験し、学んだ。東京での生活では、冬期間は、空気の乾燥に備えて加湿器を使うのが常であったが、新潟では、冬期間は湿度が高く、除湿器が必需品なのである。また、私たちが育った長野県北部では、冬期間は傘を使うことはほとんど無かった。雪が、帽子や上着に降りかかっても、時々それを払い落とせば、帽子も上着もぬれるということは、ほとんど無かった。新潟では、「弁当を忘れても、傘を忘れるな」と言われていたが、冬期間は雪の降る日が多く、その雪もみぞれと変わらないような、湿った雪なのである。雪の降る日は、傘なしでは外を歩くことはできなかった。従って、冬の気温も、それほど寒いと感じることは少なかった。長野県北部から見ても北に位置する新潟市は寒さも厳しいのかなと、冬の寒さも気になっていたが、意外に寒さは厳しくなく、むしろ驚いたくらいであった。また、冬期間は日照時間が少ないためか、毎年3月に入る頃から続く春の陽光は、自然の恵みを一入強く感じることができた。梅雨とか、猛暑、台風等の影響も少なく、全体としては住み良い環境であったと思う。日常の言葉も、新潟市を中心とする下越地方で生まれ育った人たち同士の話を聞いていると、なるほどこれが新潟弁かと思えることもあった。しかし、同じ県内でも、上越地方の人と話をしていると、私の生まれ育った地方と非常によく似ていて、驚いたことが何回かあった。海の無い長野県のその北部は、塩や海産物の入手先として、昔から新潟県上越地方との交流が濃かったのかなと思ったことも何度かあった。

　子供たちも小学校の生活にすっかり慣れてきたと思うようになった頃、1977（昭和52）年3月31日、私は、新潟県を退職して、一旦自治省に戻り、4月1日付で、自治医科大学に勤務することになる。

④ 自治医科大学での2年間

1977（昭和52）年3月31日、新潟県を退職した私は、1日だけの自治省大臣官房総務課課長補佐を経て、翌4月1日、栃木県の職員に採用され、自治医科大学に派遣された。自治医科大学での仕事は、大学事務部学事課長であった。

自治医科大学は、47都道府県が、地域医療、特にへき地、離島の医療を確保するための医師の養成を主たる目的として、共同で設立した「学校法人自治医科大学」が開設している私立の医科大学である。

大学の開学は、1972年4月であった。入学定員は100名であるが、新規入学者が特定の都道府県の出身者に偏らないように、都道府県ごとに2~3名の新入学生の枠が決められており、どの都道府県も毎年最低2人の入学者を確保出来るようになっている。また、授業料、その他の費用は、ほとんど大学から学生に貸与されている。その貸与金は、大学卒業後一定期間（貸与期間の1・5倍の期間）へき地医療を含む地域医療に従事した場合は、返還を免除されることになっている。

自治医科大学第1回の入学式は1972年4月17日に行われた。第1回の入学者は107名であった。

大学事務部学事課というのは、各講座（研究室）の要請に基づいて、研究補助員の配置、科学研究費などの申請書類の作成補助、予算の執行整理の補助が通常の業務であった。その他入学式、卒業式の準備、進行なども学事課の仕事とされていた。特に第1回の卒業式が、私が赴任した翌年の3月ということで、その式次第、来賓の祝辞を、どなたに、どのような順序でしていただくかとか、在校生からの送辞、卒業生代表の答辞は誰にしていただくかなど、関係者に集まってもらい何回か検討もした。また、医学、医療の進歩、発展等のため、献体をして頂いたかたがたの合同慰霊祭、実験動物のための実験動物慰霊祭の準備なども学事課の仕事であった。

さらに、大学院の開設に関わる事務も少なくなかった。自治医科大学大学院は、自治医科大学第1回の卒業生が出る1978年開院を目指して準備が進められており、私が赴任した時には、大方の形は出来ていた。しかし最後に残ったのが教授、助教授などの教員の充足の問題であった。こと人事にかかわることでもあるので、学長からの直接の指示で、文部省の大学設置審議会の担当者への連絡、説明に出かけたことも何回かあった。

1978年3月、文部大臣から、大学院開設の認可もおりて同年4月自治医科大学大学院が発足した。大学院最初の入学生は1名で、自治医科大学以外の大学の卒業生であった。自治医科大学の第1回の卒業生には、その年に大学院に進学した者は、いなかった。自治医科大学の卒業生は、先ずは医師として出身都道府県の地域医療、特に僻地医療に従事することになっていたので、卒後直ぐに大学院への進学は考えられなかったのである。

私は、1979(昭和54)年3月31日、自治医科大学及び栃木県を退職して自治省に戻った。

⑤ 国保旭中央病院（全国自治体病院協議会）での3年7ヶ月

1979（昭和54）年4月1日、私は、千葉県にある国保旭中央病院の職員となった。と言っても実際の勤務場所は、東京都千代田区紀尾井町にある社団法人全国自治体病院協議会（以下「病院協議会」）の事務局であった。当時、病院協議会の会長は、旭中央病院の院長諸橋芳夫先生であり、私は、その院長の秘書という役割で、病院協議会の事務局に常駐していたのである。併せて病院協議会の経営指導部長という仕事もしていた。

当時自治体病院と言われる都道府県や市町村が経営する病院は、約1，000病院であった。その8割以上の病院は何らかの経営問題を抱えていた。特に、北海道や九州などの中小病院の医師不足は、深刻であった。そしてこの問題は、自治体病院を経営する市町村長さん方の大きな悩みでもあった。また、医師不足の問題以外でも、通常の診療報酬では賄えない救急医療や住民の健診、健康相談などに要する経費についての一般会計の負担が適正でない、医薬品をはじめ病院で使用する物品の購入方法にも改善の余地があると思われる病院もあった。このような問題について、文書や電話での相談のほか病院の関係者が直接相談に見えることもあった。当時、病院協議会には、常務理事に尾口平吉さんという病院経営について、知識、経験の豊富な方がおられた。私も尾口さんと一緒に、あるいは尾口さんの指導を受けながら事務局での経営相談や病院に出向いての相談も受けていた。年間15～20ほどの病院には直接出向いて話を聞くこともしていた。北は北海道、南は沖縄まで、3年7ヶ月の間に50以上の自治体病院に伺っていた。また、当然のことながら経営問題で相談を受けた時には、問題点やその改善方法などについて、文書での報告もしていた。更に、幾つかの病院では、その改善策について、病院の関係者だけではなくその病院を経営されている市や町の責任者にも参加していただいて経営改善の方策などを検討することも行った。これらのことは楽ではなかったが、大いに勉強にもなった。

このように、旭中央病院に勤務した3年7ヶ月は私にとっては、多くの勉強をさせてもらった期間でもあった。後の自治医科大学附属大宮医療センターや、医療法人社団石川記念会の勤務においても、大いに役立ったと思っている。

⑥　公営企業金融公庫、再度の勤務2年3ヶ月

私は、1982（昭和57）年11月1日、公営企業金融公庫に勤務することになった。同公庫には、1961年7月から1965年3月まで3年9ヶ月勤務していたので、17年ぶり、2回目の勤務であった。仕事は、総務部庶務課長ということであった。17年ほど前にも同公庫の庶務課に勤務していたので、およそのことは分かっていると思っていたが、同公庫も20年ほどの間に大きな発展をしていた。1965（昭和40）年度の年間貸付額は、526億円、公営企業債券の年間発行額は560億円であったのに対し、1982年度にはそれぞれ、1兆1，772億円、1兆3，367億円と、17年前の約23倍にも達し、業績は、驚異的とも言える発展をしていた。また、発行する公営企業債券についても、日本円の債券だけでなく、外貨債の発行も準備されるようになっていた。第一回の外貨債は1

983年度（1984年3月26日）にスイスフラン建てで発行された。1964年度以降も、外貨債は、毎年発行されているようである。

このような業務の拡大によって、事務所も拡充され、職員も大幅に増員されていた。以前は、庶務課が担当していた役員室関連の業務と、人事の業務は、新たに設置された秘書役室に移されていたが、それでも、事務室の拡充整備、備品や消耗品の調達管理、役職員の健康管理や給与の計算、支給、諸会議の計画や運営など結構忙しい課であった。私は、庶務課長を10ヶ月務め、1983年9月総務部秘書役に変わった。その秘書役を1年8ヶ月務め、1985年3月公営企業金融公庫を退職、同年4月1日、栃木県職員に採用され、自治医科大学に派遣されることになった。

なお、公営企業金融公庫は、2008（平成20）年8月に、地方債資金の共同調達機関として全都道府県、全市町村の出資によって、設立された「地方公共団体金融機構」（略称「地方金融機構」）にそのほとんどの業務や資産、負債を引継ぎ、発展的解消となっている。

(26) 公務員を退職　自治医科大学職員となる

私は、1986（昭和61）年1月31日、国家公務員を退職し、35年4ヶ月に及んだ公務員生活から完全に離れた。55歳のときであった。その時、長女は大学3年生。長男、次男は、まだ大学生にもなっていなかった。この退職は、勧奨退職ということで、この退職年齢は、その当時としては、標準的なものであった。

公務員最後の役職は、自治大臣官房付兼大臣官房参事官という1日だけのものであった。この役職は、前年の3月31日にも発令されたが、その時は同日付で自治省を退職し栃木県の職員となっているので、実際にこの役職で仕事をしたことはなかった。

当時の国家公務員の定年は60歳であった。定年の60歳を待たず、退職勧奨で退職した者については、退職後の就職先を紹介されることが慣習として行われていた。私の場合も、公務員の退職後は、自治医科大学プロパーの職員として勤務したらどうかという話があった。自治医科大学は、その時点でも、栃木県からの派遣職員として、働いていたし、1977年4月から2年間、大学事務部の学事課長として勤務したこともあるので、仕事の内容もある程度はわかっていた。また、職員の皆さんにも知り合いの人が多かったので、自治医科大学で働くことにさせて頂いた。

1986年2月1日、改めて自治医科大学の職員に採用され、「学校法人自治医科大学職員に採用する　第二病院開設準備本部事務部長を命ずる　昭和61年2月1日　学校法人自治医科大学理事長　林　忠雄」という辞令を頂いた。その時の建設本部長は、池田正男教授であった。

その頃、自治医科大学では、地域医療への貢献と、卒業生の卒後研修の充実を主な目的として、埼玉県大宮市（当時）に、大学附属の第二病院建設計画を進めていた。しかし、病院の規模（診療科目や病床数等）や地域医療にどのように関わっていくのか、既存の医療機関との協力体制をどのように進めていくのかなどについて、地元医師会（埼玉県医師会、大宮市医師会）や埼玉県との話し合いは難航していた。そのため私たちの仕事の大半は、これらの関係者への説明や調整等であった。１９８６年４月、地元医師会との話し合いもまとまり、大宮市から提供して頂く、建設用地も確定して、１９８８年４月には建物、施設の建設が始められた。建物、施設等の建設は、開始から約18ヶ月、大きな事故も無く、１９８９年９月完成した。同年11月には埼玉県知事から、病院開設の許可も下りて、１９８８年12月１日、自治医科大学附属大宮医療センターは開院した。診療科は、内科、循環器内科、外科など６科、病床数85床、循環器病を主とする医療センターということであった。

開院の翌１９９０年３月31日、私は、自治医科大学を退職。翌４月１日から日本行政書士会連合会に勤務することになった。

私が勤務した、自治医科大学附属大宮医療センターは、２００３年、大宮市、浦和市等が合併して「さいたま市」が誕生したことにより、その名称は、自治医科大学附属さいたま医療センターと変わり、現在（２０２４年４月１日）は、20診療科、６２８床の大病院となっている。

(27) 日本行政書士会連合会に勤務

１９９０（平成２）年３月自治医科大学を退職した私は、翌４月１日、日本行政書士会連合会（以下「連合会」）に勤務することになった。職務は、事務局長であった。連合会の事務局は、東京都目黒区青葉台３丁目、渋谷駅から歩いて十数分ほどの所にあった。

「行政書士」とは、他人の依頼を受け、報酬を得て、官公署に提出する書類その他権利義務または事実証明に関する書類の作成（これらの書類でも他の法律において制限されているものを除く）することを業とする者である。加えて、その作成した書類を官公署に提出する手続きを行ったり、その書類の作成について相談に応じたりすることも、報酬を得て業として行うことができるとされている国家資格である（行政書士法第一条）。行政書士となる資格を有する者は、①行政書士試験に合格した者、②弁護士、弁理士、公認会計士、税理士となる資格を有する者、③国または地方公共団体の公務員として行政事務を担当した期間が通算20年（高校を卒業している者は17年）以上の者、と定められている。

これらの資格を有する者が行政書士となるには、連合会が備える「行政書士名簿」に氏名その他必要事項が登録されなければならない、とされている。この「行政書士名簿」の保管、登録申請書の確認、登録、登録済の通知書の交付などが、連合会の仕事である。

また、連合会の仕事には、法人としての基本業務である会長、他の執行部の選任、理事会の構成、年度ごとの事業計画、予算決算の作成などがある。このほかにも行政書士の業務の範囲や業務の執行に関する研究会、講習会の開催も数多く行われている。

事務局は、会長の指示のもと、登録関連書類の点検審査、連合会の事業計画、予算などの原案作成、諸会議の開催準備などに当たるほか総務省などの関係官庁や、司法書士会や税理士会などとの連絡、調整などの事務も担当している。

事務局職員は、局長、次長、３人の課長以下20人ほどであった。次長は、私と同じ日に着任の村田清治さんで、警視庁浅草警察署の副署長をしていた人で、人柄もよく、仕事も良くできる人であった。その他の職員も良い人たちで、明るい雰囲気の事務局であった。時には、職員同士でビヤホールやカラオケに行くこともあった。

連合会の構成員は、行政書士法の定めによって47都道府県に設立されている行政書士会である。その行政書士会にもそれぞれ事務局があり、そこに事務局長以下数人の職員が勤務しており、その事務局との照会、連絡などの仕事も少なくなかった。

私は、その事務局に2年4ヶ月ほど勤務して１９９２年7月9日退職、同月10日から、医療法人社団恒心会に勤務することになった。

(28) 医療法人社団石川記念会に勤務

私は、1992(平成4)年7月10日、自治省での先輩、飯田久人さん、大塚惟謙さんの紹介で、医療法人社団恒心会に勤務することになった。この医療法人は、石川淑郎先生が運営されている医療法人で、透析医療を主とする診療所「横浜恒心クリニック」を経営しておられた。石川淑郎先生はこの医療法人のほか、新宿石川病院や他の医療法人なども併せて運営されていた。また、これらの病院や診療所はいずれも透析医療を主としていた。

私は、勤務の初日、石川淑郎先生から、「医療法人の理事、企画部長として、病院、診療所等7つの診療機関の、施設、設備の現状把握と、組織、施設、設備の改善、人員配置の適正化等について調査をし、その改善策を考えて欲しい」と言われた。

腎不全の治療法として、人工透析が広く行われるようになったのは、1975(昭和50)年頃からであるが、その後、徐々に人工透析をする患者が多くなり、それに従って、人工透析のできる病院や診療所も増加してきた。ちなみに1980年頃、人工透析を受ける患者数は、全国で約3万人であったが1990年頃は、約10万人、その10年後の2000年頃には約20万人と増加した。現在では、さらに、増えて35万人を超えているのではないかと思われる。

このように、透析患者の増加に伴い、透析医療を行う病院、診療所も増加の一途をたどっていた。また、大部分の透析患者は、週3日、一日約4時間の診療中を除くと、通常の社会生活が可能であった。このような状況の中、石川淑郎先生が透析医療の中で、特に、力を注いでおられたのが、透析患者の社会復帰や就労のことであった。このため、診療所の位置、診療時間帯の柔軟な対応など、患者の生活条件に添った透析医療にも細かい配慮をしておられた。現に国の幹部職員や、有名企業の役員も何人か透析の診療所に見えておられた。

2002（平成14）年3月24日、石川淑郎先生は新しく「医療法人社団石川記念会」を設立され、そこに石川淑郎先生が経営しておられた病院、診療所を一体化された。また本部事務所も、東京都千代田区内幸町1丁目1番1号の帝国ホテルタワー5階に設置された。

また、1994年頃、静岡県御殿場市にあった医療法人社団駿栄会が経営する駿東第一病院から、後継者難などのため、医療法人社団駿栄会とその法人が経営する駿東第一病院を委譲したいとの申出があり、その申出を受けて石川淑郎先生が医療法人社団駿栄会と駿東第一病院の経営を引き継がれた。更に、この駿東第一病院を移転新築して1999年12月、御殿場石川病院として開院された。私も、医療法人社団駿栄会の常務理事として、週3日御殿場通いの時期もあった。

2007年3月31日石川淑郎先生は、石川記念会及び駿栄会両医療法人の理事長を退任され、名誉理事長に就任された。そして、翌4月1日、石川淑郎先生のご長男、石川悦久先生が新たに、両医療法人の理事長に就任された。

私は、2006（平成18）12月まで、医療法人社団石川記念会及び駿栄会の常務理事として勤務、同月31日、両医療法人の常務理事を退任した。75歳であった。

(29)　92歳を超えて

私が生まれたのは1931（昭和6）年4月8日、今は2024年5月、92年間を生きてきたということになる。多少でも記憶があり、物心がつくようになってからでも80年余り。小学生から中学生の頃は、早く大きくなりたい、早く大人になりたいと思うことが多かった。しかし今は、残りの人生は少ない、大事に生きなければ、と思うようになっている。80余年を省みて、特別に悔いることも無いが、達成感というようなものも見当たらない。時勢の変化に流されながらの、平均的な人生ということであろうか。私たちの年代の者は、太平洋戦争の敗戦とそれに伴う価値観の大転換というものに、まともに遭遇したということでは、特異な年代ということかもしれない。歴史的にみても、明治維新が1868年、それから63年後の1931（昭和6）年に私たちは生まれ、その14年後の1945（昭和20）年、太平洋戦争の敗戦。そして今はその敗戦から78年、明治維新からは156年。私たちが小学校で、明治維新を教わったのは1942年頃、明治維新から約75年後であった。そのころは明治維新というのは随分昔の話だと感じていた。今の小学生は、太平洋戦争の敗戦とその前後の特異な時代。物資、特に食糧不足の状況等を歴史として、学校で学んでどう思っているのだろうか。それは体で感じるというよりは、昔の話、歴史上の話として受け止めているのだろうか。

人が生きる上での考え方、倫理、信条、思想或いは哲学と言ってもよいが、これは自然環境、社会環境あるいは加齢等によっても変わる。環境の変化に伴って大きく変わる人、環境の変化に上手に適応出来る人と言ってもよい人。一方、一度決めた信条というものをなかなか変えない人、社会的、経済的に不利益になると解っていても頑なにそれを変えない人等様々である。私は、どちらかと言うと、思想、信条は変えない、変えたくないと思って生きてきた。私の場合は、人間みんなが、あまり貧富の差がなく、安定した暮らしが出来る世の中になる、そのために生きたいと思っていた。そして、１９４５年太平洋戦争の敗戦の時までは、立派な軍人になって、お国のため、天皇陛下のために尽くすことこそが、みんながそれぞれ幸せに生きていける世の中を創るための唯一の道であると思っていた。日本がする戦争とは、悪い国、悪い国の指導者を懲らしめ、世界中の人たちみんなが幸せに生きられる世の中を創るための正義の戦いであり、良い戦争、聖戦であると信じていた。しかし、太平洋戦争の敗戦を機に、戦争とは、あってはならない、人と人との殺し合いである。大量殺人そのものであり、絶対悪であると考えるようになった。とともに、ごく一部ではあるが、戦争で得をする人、戦争を喜ぶ人がいることも理解できるようになった。また、太平洋戦争の時まで戦争を指導、鼓舞して来た政治家、軍や役所の幹部の人たち、学校の先生のうちの一部の人たち。これらの人たちの大半は、それまでの自分の言動を反省することもなく、敗戦後の時流に乗って、それまでの主張と正反対の言動を行う者も少なくなかった。太平洋戦争等の責任を問われ、裁判（極東国際軍事裁判）のうえ処刑された人、敗戦後の新体制で公職から追放された人（連合国軍最高司令官の指令による「公職追放」）もいたが、戦争の原因、責任が十分に整理されないまま、戦勝国側（連合国側）、特に米国の世界戦略の影響を受けて現在の政治、経済の基礎が出来たのであり、そこからの脱却は今も難しい状況である。今後どのような契機で、どのように変わっていくか、注視していかなければいけないと思っている。

あとがき

数年前。株式会社文芸社編成企画部の今井周さんに、私が、メモと記憶を頼りに書いた雑文数編を見ていただく機会がありました。そして、このような文章が数十篇あれば、1冊の本にしてみても良いのではないか、と勧められました。私は、私の子供や孫たちのために書き残そうとしたもので、一般の人たちにとっては、意味も興味もないと思われるので、出版は、躊躇していました。昨年3月ころ再度お話があり、出版をお願いすることにしました。

編集は松坂さんが担当してくださいました。一貫性に欠ける文章、整わない文脈。大変にご苦労をおかけしたと思います。

今井、松坂両氏には、ここに記して、心から感謝を申し上げます。

平野　俊治

著者プロフィール

平野 俊治（ひらの としはる）

1931年（昭和６年）４月８日生まれ。

長野県出身、東京都在住。

高校卒業後、公務員となり、長野県、自治省（現在総務省）、兵庫県伊丹市、新潟県、栃木県（自治医科大学）、国保旭中央病院などに勤務。

公務員退職後、日本行政書士会連合会、医療法人社団石川記念会に勤務（75歳まで）。


昭和、平成、令和を生きて 私の90余年

2024年７月15日　初版第１刷発行

著　者　平野 俊治
発行者　瓜谷 綱延
発行所　株式会社文芸社
〒160-0022　東京都新宿区新宿１－10－１
電話　03-5369-3060（代表）
03-5369-2299（販売）

印刷所　株式会社暁印刷

ISBN978-4-286-24594-2　JASRAC　出2403253－401